Seviyorsan Git Konuş Bence

Fatih Yağcı

W0466688

Bu kitabın telif geliri Sözler Köşkü İlim ve Kültür Derneği'ne tahsis edilmiştir.

GENÇ NESİL

GENÇ NESİL

Genel Yayın Yönetmeni: İkram Arslan
Yayın Koordinatörü: Yusuf Yıldız
Editör: Ayşenur Dikmen
Kapak Tasarım: Nesil Grafik
İç Tasarım: Emine Sayın
ISBN: 978-605-162-718-2
Yayıncı Sertifika No: 12403
Baskı Tarihi: Nisan 2017
Baskı: Matsis Matbaa Hizmetleri San. ve Tic. Ltd. Şti.
Tevfikbey Mah. Dr. Ali Demir Cad.
No:51/1 Küçükçekmece/İstanbul Tel: (0212) 624 21 11
Matbaa Sertifika No: 20706

Sanayi Cad. Bilge Sok. No: 2, 34196 Yenibosna-Bahçelievler/İstanbul
Tel: (0212) 551 32 25 Faks: (0212) 551 26 59
www.gencnesil.com.tr bilgi@gencnesil.com.tr

© Fikir ve Sanat Eserleri Yasası gereğince bu eserin yayın hakkı
Nesil Basım Yayın Gıda Tic. ve San. A.Ş.'ye aittir.
İzinsiz, kısmen ya da tamamen çoğaltılıp yayımlanamaz.

Fatih Yağcı

"Artık sen bir yazarsın. Kitaba özgeçmişin yazılacak" dediler. Ben de aldım elime kalemi, "Ben yazarım" dedim.

20 yaşına kadar gafletle yaşamış olduğumdan 20'den öncesine dair anlatmaya değer pek bir şey bulamadım. 20'den sonra evliyalık hayatım başladı demiyorum elbette. ☺

İnsan hatadan ve gafletten hiçbir zaman hali değil. Eski hayatıma nazaran 20'den sonrası manen daha düzgün diyelim. 20'den sonra etrafımdaki birtakım olayları sorgulamaya başladım. "Nereden geldim? Nereye gidiyorum? Ben kimim?" gibi soruları irdelemeye, İslami konularda daha derin araştırmalar yapmaya başladım.

Araştırmadan iki ihtimalli bir sonuç çıkacaktı: Ya artık tamamen ehl-i dünya bir adam olacaktım ya da kendimi tüm varlığımla ahirete verecek baki bir adam olacaktım.

Bu sözlerim yanlış anlaşılmasın. İnancımda bir sıkıntı hissetmiyordum.

Sadece kafamdaki felsefi sorulara cevaplar bulmalıydım. Derken...

Sonsuz mutluluğumun anahtarı olacak kırmızı kitaplarla tanıştım: Risale-i Nur Külliyatı...

Akla gelebilecek tüm sorulara cevaplar verebilecek bir Kur'an tefsiri (açıklaması)... O anahtarı aldım ve kapıyı araladım.

Bu hakikatlerin yayılmasını, en büyük hayat gayem ve yaşama sebebim olarak kabul ettim. Ve bu kitapların müellifi olan Bediüzzaman Said Nursî'ye hayatımda ilk defa "Üstadım" dedim.

İletişim bilgileri:

www.fatihyagci.com.tr

www.sozlerkosku.com

www.twitter.com/FatihYagciResmi

www.facebook.com/FatihYagciResmi

www.instagram.com/FatihYagciResmi

www.youtube.com/SozlerKosku

İçindekiler

1. Bölüm

Secdesiz başın ağrısı çok olur

2. Bölüm

Namazsız yaşanamaz!

önsöz

Dikkat! Bu sayfayı geçme. Kitap burada başlıyor. Biz toplum olarak "Amaaan geç, önsöz değil mi?" diyoruz ama burası da önemli arkadaş. ☺ Nasıl ki harika bir kitabın bile, öncesinde önsöz var. Bu kitabın tamamı da sonsuz bir hayatın önsözü tadında yazılarak ahiret kitabımızın daha okunası, güzel olmasına vesile olarak yazıldı.

Bu kitap namazın nasıl kılındığını anlatan, yapılması gereken hareketleri barındıran bir kitaptan ziyade neden namaz kılmamız gerektiğini sadece kalben değil, aklen de ispat eder. Namazın nasıl kılındığını zaten yıllar öncesinde çıkan "Namaz Hocası" kız ve erkek fotoğrafları bizlere gayet de güzel anlatmıştı. ☺

Okumaya başlamadan önce 'kalbi temizler', 'dedesi hacılar', 'müftü eniştesi olanlar' ve bilumum bahanelerle kendini avutanlar, birazcık makamlarını rütbelerini kenara koyup, kitabın sonunda lazım olursa o koydukları yerden tekrar almalarını rica ediyorum.

"Kitap okumayı sevmiyorum ki ben, ama bunun filmi yok mu?" diyecek olanlara, bu hayat filminin yalnız bir kez çekileceğini ve aslında bu filmin başrol oyuncusunun kendisi olduğunu hatırlatan bu kitabı önce kendinize daha sonra bittiği gibi sevdiğiniz bütün namaz kılmakta zorlanan arkadaşlarınıza vermeye can attığınızı daha ilk sayfalarda hissedeceksiniz.

Aşkın beş vakit olduğu dünyada, dünyası alt üst olmuş binlerce insan olması içlerin en acısı değil mi? Bulunduğumuz ahir zaman, insanları sessizce zehirliyor ve uyutuyor. Havasız bir odadan dışarıya çıkar gibi nefes almak istiyor insanlık...

Kitabı okurken, eğlenerek öğrendim, gülerken duygulandım ve mutlu oldum. Yaşanılabilecek neredeyse bütün hisleri yaşadığım bu kitap, beş vakitli olan arkadaşlarımızı dahi yediye çıkarmaya niyet ettirecek gibi...

Hepimiz biliyoruz ki kalp temizliğiyle olacak olan bir dünya olsaydı burası, Efendimiz (a.s.m.) ayakları şişinceye kadar namaz kılmaz, gayet de temiz bir kalple bu dünyadan göçerdi.

Sen istediğinde neleri başardığını çok iyi biliyorsun. Eğer ki "Ben de namaz kılmak istiyorum" diyorsan veyahut huzur ve huşuyu hissederek alnınla seccadeye değmek niyetindeysen sayfayı çevir ve coşkulu akıntıya karış.

Ufak da bir uyarı... Kitabı okurken vakit girer de kitaba kaptırırsanız kendinizi, çok günah olur ama... ☺ Ona dikkat ederseniz sevinirim. Şimdi bir sayfa atla ve sonrasında kendine güzel bir seccade al. Aslında bu kitap seccade hediyeli olsa tam olurdu ama olmazsa bana mesaj atın bitince hediyeyi ben size kargolayayım.

Haydi kametle bakalım... ☺

Allah kabul etsin şimdiden...

Ceyhun Hamid Yılmaz

www.twitter.com/CeyhunHamid

O Gizem Dolu Adam

İstediği neredeyse her şeyi elde edebiliyordu hayatta... Oyuncaktan sebepler, diğer adıyla medeniyet fantezileri onu oyalayıp gerçekleri görmekten alıkoyuyordu. Geçici, tatlı bir neşe veriyordu bunlar Fatih'e...

"Özgürüm" diyordu. Dünya tüm cazibesiyle unutturuyordu o soğuk ve siyah kelimeyi: Ölüm.

Her şey tamam... Ancak yolunda gitmeyen bir şeyler var. Ziyafet sofralarında bir kıl... Kalabalıkların içinde soğuk bir yalnızlık...

Kahkahaların ortasında kalbinde bir inilti... Her şey var... Ama bir şeyler eksik.

Şair "Başka türlü bir şey benim istediğim, ne ağaca benzer ne de buluta" derken onu mu anlatıyordu?

Kimse onu tam anlamıyla anlamıyor. Anlasa da fayda vermiyor... Çıkmaz sokaklarda kaybolurken, bir doktor aradı derdine derman olsun diye. Ve onunla tanıştı...

Yılların biriktirdiği yaraları, cerahatleri tek tek sardı ve onu, nefsinin kölesi olmaktan kurtarıp ruhunu ebede namzet eyledi.

Artık huzurlu ve gerçekten özgürdü. Sonsuz kadar özgürlüğü hissetti rüzgârın savurucu esintisinde...

Hiçbir karşılık kabul etmeden, gündüzünü gece yaparak yaralarını saran, hayatını hayatı için feda eden o doktorun adı: Hz. Muhammed'di (a.s.m.).

Herkesin bir hikâyesi var ve yazılmaya devam ediyor. Benim hikâyem de genel ifadelerle böyle süregeldi. Meğer yıllardır yolumu şaşırmış, bir ayeti arayıp durmuşum gözlerim kapalı:

"Kalpler, yalnız Allah'ı anmakla huzur bulur."

(Rad Suresi, 28)

Duysam bile fark etmemişim oradaki 'yalnız' kelimesinin dik duruşunu... Huzuru dünya kapılarında zannetmişim yıllarca... Oysa Rabbim kalbimde O'ndan daha büyük yer ayıracağım bir şey olsun istemiyordu. Ben ise buram buram dünya kokuyordum.

Bediüzzaman ne de veciz ifade eder bu dünyanın hâlini:

"Hususan benim gibi nefs-i emmâreyi taşıyanlara şu dünya çok gaddardır, mekkârdır (hileci). Bir lezzet verse, bin elem (acı) takar, çektirir. Bir üzüm yedirse, yüz tokat vurur."

(Lem'alar, On Yedinci Lem'a)

Allah'ım sadece iki kelime istiyorum. İki kelime: "Razı ol!"

Bir ateist şöyle demişti: "Ne güzel ya sizin hâliniz. Darda kaldığınız zaman sığınabileceğiniz bir Rabbiniz var."

Allah'ım... Eğer bir gün ümidimi kaybedeceksem, Senin bana yazdığın kaderin, hayallerimden daha iyi olduğunu hatırlat.

1. Bölüm

Secdesiz Başın Ağrısı Çok Olur

Ölüm senin peşindeyken sen neyin peşindesin?

Şöyle bir bakıyorum da, yıllar ne hızla gelip geçmiş... Daha dün gibi evden kaçıp gizlice atari salonuna gitmiş, ilkokulda sınıfın ispiyoncu kızının yavaşça heceleyerek, "Öğretmeniiim arkadaş ö-de-vi-ni yap-ma-mıış" deyişi... Ergenlik çağına girip, palazlanıp mahallenin racon delikanlısı edasıyla çete kuruşumuz... Yanımızda bıçak bile taşıyorduk. Meyve bıçağı tabii... O zaman imkânlar öyleydi. ☺

Yaşımın ilerlediğini anlamam için birisine kaç doğumlusun diye sorduğumda "2000 doğumluyum" cevabını almam yeterli. Biz alışmışız tabii 85 doğumlu, 92 doğumlu insanları duymaya. Bir insan nasıl 2000'de doğabilir hazmedemiyoruz!

Mahallenin top oynayan bıcırıkları sana 'amca', 'teyze' diye seslendiyse eyvahlar olsun! Hele hele "Anneciğim yardım edeyim" veya

"Dayı müsaade eder misin?" hitaplarını duyduğunda kabre ve ölüme yakın olduğunu hatırlayıp hemen bir salavat getirmeni tavsiye ederim.

Şu anda yaşlı olmasan bile, erkenden ölmezsen, bir gün mutlaka yaşlanacaksın. Ve bir gün gelecek... Bir gün kalacak...

Saçlarımız beyazlayacak. Hastalıkların etrafımızı sarmasıyla hastane diye bir yerin müdavimleri olacağız. Hayatın tadının azaldığını fark edince gençken duymaktan usandığın nasihati edeceksin onlara: "Her şey gençken güzel, kıymetini bilin evladım!"

Telefonun çalardı eskiden. Whatsapp diye bir uygulamanın mesaj sesi sana heyecan verirdi. İki tik görüldü işaretini görünce cevabın yakın olduğunu bilirdin. Ancak artık telefon çalmıyor. GSM operatörü dışında seni düşünen yok.

Gençken annene akıllı telefon kullanmayı öğretememekten yakınıyordun. Şimdi ise torunun sana bir türlü anlatamıyor yeni teknolojileri.

Balkonundaki çiçekleri sularken hayıflanacaksın, "Neden evlatlarım beni aramıyor?" diye.

Aynaya baktığında ise kırışıklar göreceksin. Geldiğin uzun yolların haritası misali...

Geriye dönüşü olmayan tek yönlü bir caddede ilerlemek zorunluluğundayız. İstesen de istemesen de...

Durmak yok! Sen dursan akrep ve yelkovan

senin yerine devam ediyor, şu üç günlük dünyada. Yarına kalacağına bile garanti yok.

Genç ölümlerinin fazla olduğu 21. yüzyılda yaşıyoruz. Kitabı okurken Azrail'in (a.s.) içeriye girip "Haydi gidiyoruz" diyebileceği kadar yakınsın. Herhangi bir hastalık veya yaş sınırı olmak zorunda değil, Azrail'in bizi götürebilmesi için...

Ruhun bedenimizden ayrılacağı an ise, film şeridi gibi günahlarımızın ve eksik ibadetlerimizin gözümüzün önünde geçeceği bir an...

Ah o an! Ölüm ve sekarat... Kalbe bir inilti gibi, 'eyvah' kelimesinin dem ve damarlara kadar hissedildiği gerçeklik...

Dünyada ölüm hiç olmasaydı, en keyifli eğlencelerimizi bile zehir edebilen hastalıklar olmasaydı, başımızı gaflet kumuna sokup ahireti unutmak mantıklı gelebilirdi.

Ancak ölüm ölmüyor, kabir kapısı kapanmıyor. Herkes ister istemez oraya girecek!

O hâlde ölüm sonrası için bir çare varsa ki, biz buna iman ettik, insanın en büyük gayesi o sonsuzu elde etmek olmalı. Ondan gayrı amaçlar, o çarenin önüne geçemez fâni olduklarından...

Gözü önünde darağacı kurulup asılmayı bekleyen bir adam, önüne muhteşem ziyafetler serilse o psikolojiyle bir lokma alabilir mi? Tadını tuzunu kaçırır elbette, hiçbir şeyden lezzet alamaz, düşüncesi tutulur adeta...

'Lezzetleri tahrip eden bir ölüm' varken ufukta, nereye kadar başımızı kaldırıp ilerideki ölümü görmeden, önümüze bakarak yürüyebilir ve ölümü unutabiliriz.

Bediüzzaman deve kuşu misalini verir bu konuyla ilgili:

"Ey gaflete dalıp ve bu hayatı tatlı görüp ve ahireti unutup, dünyaya talip bedbaht nefsim! Bilir misin, neye benzersin? Devekuşuna! Avcıyı görür, uçamıyor; başını kuma sokuyor, ta avcı onu görmesin. Koca gövdesi dışarıda; avcı görür. Yalnız o, gözünü kum içinde kapamış, görmez."

(Sözler, On Dördüncü Söz)

Ey nefsim, ölüm senin her an peşindeyken, sen neyin peşindesin?

Malatya seyahatindeyken otelde kendi kendime garip bir hâlet yaşadım. Odada yalnız başımaydım. Hiçbir ses yoktu. Boy aynasına doğru yaklaştım. Saçım başım düzgün mü, değil mi meselesi değildi bu. Gözlerime baktım tüm dikkatimle... Tüm ayrıntılarıyla göz bebeklerimin derinliklerine...

Uzun bir müddet baktıktan sonra sanki başkasına bakıyor ve onu anlamaya çalışıyor gibi bir hâlete büründüm. Ben ona bakıyorum gözümü ayırmadan. O da bana bakıyor aynı ciddiyetle...

Göz bebeklerimde bir mana sakladığımı yeni fark etmiştim yıllar sonra... Dünyayı ve içindekileri anlamakla o kadar meşgul olmuşum ki, kendim ile tanışıp yüzleşmeye vaktim olmamış.

Yıllar ne kadar da hızlı kaybolup gitmiş böyle. Ağaçtan düşen bir yaprak kadar kısa... Neredesin çocukluğum? İlkokuldaki kan kardeşlerim, mahallemin bakkal amcası, bayramda harçlık veren amcalar, elbise kontrolü yapan müdür bey, ismini unuttuğum öğretmenlerim... Yer mi değiştiriyoruz yavaş yavaş...

Okulum, işim, arkadaşlarım derken kendimi unutmuşum. Birçok insanla tanıştım. Peki ya ben aslında kimdim? Tanıştık mı?

Ey başkasının dertlerini dinleyerek ömrünü geçiren kardeşim! Aynanın karşısında kendin ile göz göze, diz dize dertleşirsen birçok noktada hatalarını fark edip içindeki sıkıntıları dökerek rahatlayacağını düşünüyorum. Ancak bunu saatler boyunca yapmanı tavsiye etmem. Kendinle yüzleşmekle, Bakırköy deliler hastanesi arasında çok ince bir çizgi vardır. ☺

MUTLULUĞUN RABBİNE BİR SUAL

Hayat bazen karmakarışık,
Bazen ise sade, basit ve keyif dolu.
Bir kraker ve çayla bile huzur dolu
olabiliyorsun.
Saraylarda intihar eden de var bu arada...
Anladım ki, huzur benim elimde değil.

Evet Allah'ım, evet iman ettim.
Yüzüm gülecek ise seninle gülecek.
Ey mutluluğun Rabbi olan Allah'ım!
Mutluluğun kaynağını başkalarına vererek,
Sana şirk koşacak değilim.

İşte hayatım,
Sana ait...
Zaten Senindi.
Artık kendime ait gibi zannedip hırsızlamayacağım.
Kusurlar bendendir, kemalat Senden.

Ne olduğumu unutturma Allah'ım!
Yanlış yollara girdiğimde,
Başıma taş attığın için,
Teşekkür ederim...

Kanasa da,
Acısa da...
Ben Senden razı olmuşum,
Sen de benden razı olur musun?

Kilitli Kapıların Ortak Anahtarı

Darda kaldığında, sihirli değnek arar insanoğlu, birden her şeyi tozpembe ediverecek... Ancak Allah, senin hayata gözlerini cennete açmanı istemedi. Zorluklar ve engellerle dolu bir tırmanış dünyasına 'merhaba' dedin.

Bazen düşeceksin, ayağa kalkacaksın kollarında derman kalmadığı hâlde...

Zaman olacak ki, yerlere sığmayıp bulutların fevkinde tayaran edecek ruhun, için içine sığmayarak... Bulutların fevkine çıkan Everest tepesini gördüğün gibi, dipleri de bileceksin.

Bu hayat böyle... İnişler... Çıkışlar...

"Zıttı ile bilinir güzellikler" kaidesince, ruhu karartan kara fırtınalar olmazsa, güneşli ve berrak havanın kıymeti bilinmiyor. Acıkmadıkça tadını alamıyor insan, kuru bir ekmeğin... Gafletle, fark edilmiyor, hatırlanmıyor bile...

O hâlde, öyle bir ruh hâline sahip ol ki, kara

fırtınada kaldığında bile, aslında bu zıtlığın, güzelin güzelliğini arttırmak için olduğunu anımsayarak başını kaldırıp tebessüm edebilesin.

İşte bu ruh hâlini bize verecek, yılların biriktirdiği acıları, vicdan azaplarını silecek, geleceğin dağdağa ve endişelerini yok edecek bir anahtar var: Namaz.

Resul (a.s.m.) buyurdu:
"Cennetin anahtarı namazdır, namazın anahtarı ise abdesttir."

(Hadis-i Şerif - Müsned)

"Namaz dinin direğidir."

(Hadis-i Şerif - Camiü's-Sağir)

Şeytan çok şeytan ama ALLAH'tan, Allah var!

Lanetlenmiş şeytan, ölene dek bizim sevmediğimiz ama yanımızdan da ayrılmayan arkadaşımız veya düşmanımız...

Manevi ayarımız kaçınca çok samimi dost olduğumuz da olmuştur. Teheccüd namazlarındaki gözyaşlarımızla bizden nefret ettiği de vakidir elbette...

Hz. Âdem'den (a.s.) bu yana tecrübesi olan, dessas ve zeki olan şeytandan bahsediyoruz.

Dünyanın en zekilerini bile kandırıp müşrik olarak ebedi hayatına uğurladığı düşünülürse, pek de hafife alınacak bir düşman değildir.

Özellikle de ahir zamanda insi şeytanları da ordusuna katmasıyla, tuzaklarını çoğaltarak mü'minlere dünyayı ve ahireti zindan etme çabasında epey gayretli.

Peygamberlerle uğraşırken bile umudunu son ana kadar koruması, bizden hiç umudu kesmeyeceğinin göstergesidir.

Küçüklüğümüzden beri annelerimizin ağzımıza koyup tekrar ettirdiği Euzü Besmelenin sırrını ve ihtiyacını, reşit olup şeytanın hücumlarının arttığı zaman daha net görebiliyorum.

Özellikle de bu senelerde onun üzerimdeki baskısını öylesine hissediyorum ki, yanı başımda ve sürekli benimle konuşan en yakınım gibi. Önermeler atıyor, yersen!

"Çok yorgunsun namazı geç kıl. Hem arkadaşlarınla cemaatle kılarsın."

"Beş vakit namaz iyidir ama... Her gün, her gün beş defa kılmak çoktur. Bitmiyor ve usanç veriyor."

Şeytanla aramda trajikomik bir diyalog yaşadım. Bir gün şeytan ve ben evimde oturuyoruz... Yani ben oturuyorum da onu bilmem! ☺ Birden durduk yere aklıma bir şeyler gelmeye başladı yağmur gibi ardı ardına...

"Allah var mı? Ya yoksa? Gittiğin İslam yolu doğru değilse..." gibi ardı ardına geliyordu düşünceler...

Tabii durduk yere böyle arka arkaya gelince ben meseleyi ayıktım. Bunların kendi düşüncem olmadığını, hariçten yani şeytandan geldiğini fark ettim.

İçime hafif bir gülme geldi sanki "Ulen şeytan sen ne ayaksın?" der gibi hissettim kendimi... Sonra da şeytana bir nasihatte bulundum:

"Yılların şeytanısın sen. Hiç mi kafan basmıyor ki, gelip beni direkt kâfir yapmaya çalışıyorsun! Önce gel, ufak vesveseler ver. Mesela, dört rekâtlık namazın, üçüncü rekâtında gelip 'Üçte misin, dörtte misin?' de. Sonra bir namazı bıraktır. Ve en son gel, kâfir yapmayı dene. Yavaş yavaş sonuca git. Beyin yok muydu sende? ☺ Neden böyle yapıyorsun?"

Sonrasında Bediüzzaman'ın vesvese bahsinde verdiği düsturu yapıştırıp gönderdim şeytanı:

> *"Bir delilden neş'et etmeyen (meydana gelmeyen) bir ihtimalin hiç ehemmiyeti (önemi) yoktur."*
>
> *(Sözler, Yirmi Birinci Söz)*

Bugün ihtimal olarak mümkün ki güneş batmasın. Ancak buna dair bir delil olmadığı için hiç önem vermiyorum. Bana gelen bu tarz vesveselerde de hiçbir delil olmadığından zerre kadar önemi yok.

Kaldı ki, Allah'ın varlığının ve Kur'an'ın Allah kelamı olduğunun binlerce delili göz önündeyken...

Pilot kalemle ateizmi çökerttim yine akıllanmadı bu cinni ve insi şeytanlar! Bu arada aynı işlemi kurşun kalemle de yapabiliyorum! ☺ Neyse...

Bilmeyen dostlar olabilir kalemin hikâyesini. Dost TV'de program yaparken elime bir pilot kalem aldım ve onun üzerinden Allah'ın varlığını, herkes anlayabilsin diye net ve etkili bir yöntemle ispat ettim.

Milyonlarca kişiye erişen ve ateistlerin cirit attığı Türkiye'nin en çok ziyaret alan bir sitesinin ana sayfasının en üst sırasında uzun bir müddet yer buldu. Bu videodaki konuşma şu şekilde:

PİLOT KALEMLE ATEİZMİ ÇÖKERTEN GENÇ!

Elinde bir tane pilot kalem olduğunu düşün. Bu kalem, sanatlı bir kalem... Sanatlı bir eser de sanatkârı icap eder. Yani pilot kalemi yapan bir sanatkâr, bir fabrika veya atölye var.

Kalemin kapağını açıp baktığında ucunda bir mekanizma olduğunu görüyorsun. İçinde de ayrı bir mekanizma var. Arkasında ise mürekkebi doldurabileceğin başka bir yer var. Ayrıca kapağı da mürekkebin kurumamasını sağlıyor. Kalemin dışındaki düzeni incelediğinde üzerinde yazılar olduğunu görüyorsun. Yani kalemde bir ölçü, bir düzen var.

Şimdi, ateist bir amcaya, "Amcacım, şu kalem kendi kendine olmuştur! Buna inanıyor musun?" diye sorsan, "Hadi bırak git işine yaa!" diyecektir değil mi?

İnanmaz çünkü! Bu kalemin kendi kendine oluştuğuna inanan bir tane adam bulabilir misin dünyada?

Bulamazsın!

Peki, bir sürü bu marka kalem alıp bir köşeye yığsan ve desen ki:

"Ateist amca, bütün bu kalemler kendi kendine olmuş."

"Evladım ben buna inanmam! Ne diyorsun sen?" der, değil mi?

Şimdi önemli bir soru:

"Bu kalem mi daha sanatlı yoksa bütün elementleriyle, bütün sistemleriyle, organlarla ve dokularla bir insan vücudu mu? Hangisi daha sanatlı?"

Herhâlde zerre kadar beyni olan adam der ki, "İnsan vücudu daha sanatlı tabii ki! Bu soruyu sormana bile gerek yok!"

Tek bir insanı değil, bütün insanları düşün! Hadi bir tanesi tesadüf eseri oldu. Dünyadaki bütün insanlar da mı tesadüf?

Hatta bütün hayvanları da kat içine, onlarda da bir element yok mu? Onlarda da bir düzen yok mu? Bütün bitkileri de canlıları da içine koy...

Bir pilot kalem bile kendi kendine olmazken, bütün bu mevcudat, ondan milyon kat daha sanatlı olduğu hâlde, elbette kendi kendine olmadı, bir Yaratanı var.

* * *

Bu kısa anlatım Türkiye'nin en çok ziyaret alan ateist platformlarında çok ciddi yankı buldu. En gündem maddeleri hâline geldi. Tabii ki gelen yorumlarda, beni pek hayır dualarıyla yâd ettiklerini söyleyemem! ☺

Yorumlarda ve geri dönüşlerde önemli olan şuydu ki, hiçbirisi videoya mantıklı bir cevap veremedi. Fikrî olarak tıkanınca ağır hakaretler etmeyi seçti. Ben ise, binlerce ateiste tebliğ yapmanın mutluluğu içinde, onların acizliğine tebessüm ediyorum.

Hamdolsun, hakkı kabul edip yolunu düzeltenlere vesile olundu. Diğerleri de öbür tarafta ağzını bile açamayacak "Ben duymadım, bana tebliğ yapılmadı" diye.

O pilot kalem hâlâ duruyor. Belki bir gün lazım olur yine! ☺

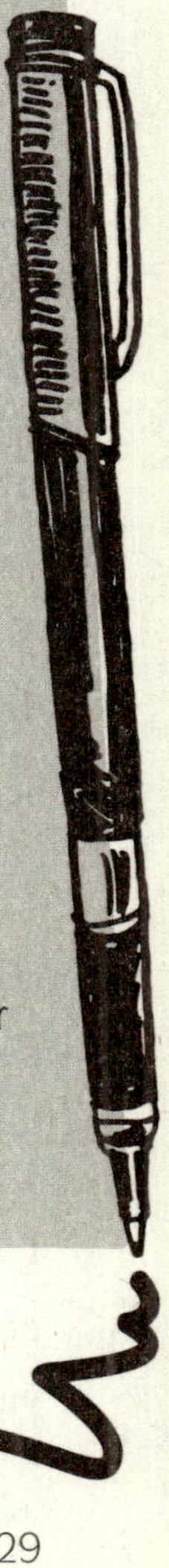

1400 Yıl Sonrasını Haber Veren Sırlı Kitap

Kur'an-ı Kerim'in Allah kelamı olduğunun delilleri de bu kitaba sığmayacak kadar çok ama inanmayanları susturan, muhteşem bir delili ele almak istiyorum.

Kur'an-ı Kerim 1400 küsur sene önce evrenin genişlediğinden haber vermektedir. Zâriyat Suresi'nin 47. ayet-i kerimesinde şöyle buyurulmaktadır:

"Biz göğü kudretimizle bina ettik ve şüphesiz biz onu genişletiyoruz."

Tefsir kitaplarından öğrendiğimize göre, Türkçeye "Şüphesiz biz genişletiyoruz" şeklinde çevrilen ifadenin Arapçası 'innâ lemûsiûn' şeklindedir. 'Mûsiûn' kelimesi, 'genişletmek' anlamına gelen 'evsea' fiilinden türemiştir. Başındaki 'lâm' ise, lâm-ı tekit olup, takip ettiği isim ya da sıfata vurgu yaparak 'çok fazla' anlamı katmaktadır. Dolayısıyla bu ifade: "Biz evreni çok fazla genişletiyoruz" anlamına gelmektedir.

Kur'an'ın evrenin genişlemesinden haber veren ayetini bu şekilde tahlil ettikten sonra, şimdi de bu konuda ilmin ne dediğine bakalım:

20. yüzyılın başlarına kadar bilim dünyasında hâkim olan tek bir görüş vardı. Bu görüş, evrenin durağan bir yapıya sahip olduğu ve sonsuzdan beri aynı şekliyle süregeldiği görüşüydü. 20. yüzyıla kadar hiçbir bilim adamı evrenin genişlemesinden bahsetmemiş, bırakın bahsetmeyi belki bunu hayal bile etmemişti.

Rus fizikçi Alexander Friedmann ve Belçikalı evren bilimci Georges Lemaitre 20. yüzyılın başlarında, evrenin sürekli hareket hâlinde olduğunu ve genişlediğini teorik olarak hesapladılar.

Bu gerçek, 1929 yılında gözlemsel olarak da ispatlandı. Amerikalı astronom Edwin Hubble kullandığı dev teleskopla gökyüzünü incelerken, yıldızların ve galaksilerin sürekli olarak birbirlerinden uzaklaştıklarını keşfetti.

Yıldızlar ve galaksiler sadece bizden değil, birbirlerinden de uzaklaşıyorlardı. Evrenin genişlemekte olduğu, ilerleyen yıllarda yapılan gözlemlerle de kesinlik kazandı.

Her şeyin sürekli olarak birbirinden uzaklaştığı bir evren ise, 'sürekli genişleyen' bir evren anlamına gelmektedir.

Evrenin genişlemesini daha iyi anlayabilmek

için şöyle düşünebilirsiniz: Evreni, şişirilen bir balonun yüzeyi gibi düşünün. Balonun yüzeyindeki noktaların balon şiştikçe birbirlerinden uzaklaşmaları gibi, evrendeki cisimler de evren genişledikçe birbirlerinden uzaklaşmaktadırlar.

Bu bilimsel gerçek, henüz hiçbir insan tarafından bilinmezken ve insanlar Güneş'i bir elma büyüklüğünde zannederken, Kur'an asırlar önce bu hakikati bildirmiş ve evrenin genişlemekte olduğunu açıkça beyan etmiştir.

Bu ise, Kur'an'ın Allah'ın kelamı olduğunu çok parlak bir şekilde ispat etmektedir.

Zira 20. yüzyılda ancak keşfedilebilen bilimsel bir gerçeğin, bundan 14 asır evvel bir kitapta yazması ve bu hakikatin okuma yazma bilmeyen bir insan tarafından haber verilmesi, Kur'an'ın kâinatı yaratan Zât'ın eseri olduğunun bilimsel kanıtıdır.

Daha bunlar gibi binlerce delil, gittiğim İslam yolunun hak olduğunu gösteriyorken, şeytanın aslında inançsızları, inanması zor bir şeye inandırdığını fark ediyorum.

Sana desem ki: "Bana 2 kere 2'nin 25 olduğuna gerçekten inanan yüz kişi bul." Bu çok zorlu bir teklif olur. Başaramazsın ama başarsan bile insanları kandırabilmek için türlü türlü entrika ve mantık oyunları yaparak epey zorlanırsın.

Ancak "2 kere 2'nin 4 olduğuna inanan yüz değil, bin kişi bul" desem bu senin için çok daha kolaydır. Çünkü hak...

İşte, İslam'ın davası bu kadar açık, net ve selametli; görmek ve bulmak isteyenler için...

Yolu bulmak istemeyen elbette kendine göre bir kaçış yolu bulup patinaj çekecektir. Minareyi çalan kılıfını uydurur derler ya...

Allah'ın emir ve yasaklarını ağır bulup, ibadet ederek haramlardan sakınmak istemeyen, Yaratıcı'yı inkâr etmek isteyebiliyor. İnkârı isterse de kendine göre bir kılıf bulup mantıksız bir kılıf buluyor. "Bu kadar da olur mu?" dedirttirecek saçma bir kılıfa yürekten inanmaya başlar. "Bütün kâinat tesadüfen oluşmuştur" gibi...

Namaz Kılmama Nedenleri

Namaz kılmaktan insanları alıkoyan neden veya mazeretler ise bir hayli fazla. Kitabın sonunda cevap vereceğimiz şeytanın insanlara sunduğu nedenler ise genel itibariyle şunlar:

"Namaza başladıktan sonra olur da bırakırsam çok günah olmaz mı?"

"İş güç derken vaktim olmuyor."

"Başımda tesettür bile yok. Kılsam ne fayda?"

"Üstüm başım çok kirli oluyor."

"Çok sık yelleniyorum."

"Üşeniyorum. Zor geliyor. Kıl kıl nereye kadar?"

"Çalışmak da ibadet değil mi zaten? Sonra namazı kaza yaparım."

"Ben insanlara faydalı biriyim. Hem benim kalbim temiz. Anneannem hafız... Kardeşim hacı... Kayınçomun dedesinin yeğeni 2 puanla Kâbe imamlığını kaçırdı..." ☺

"Allah affeder nasılsa!"

"Küçükken hoca beni camiden kovunca camiden soğudum."

"Hayatımda günahlar var. Ben başlarsam namaza tam başlarım. Hem günahlara hem namaza devam olmaz. Ayrıca benim geçmişim çok kirli, Allah beni affeder mi?"

"Rahatsızlığım var. Hastalıklar..."

"Arkadaşlarım ne der? Dalga geçerler veya riya olmaz mı? Hem ailem de karşı..."

"Dindarların hayatı sıkıcı gibi. Yaşım biraz daha ilerlesin başlarım bir gün."

"Annem sabah namazına kaldırmıyor?"

Ey aşk! Ne kadar da kirli hâle getirilip yanlış anlaşılan bir kelime oldun böyle...

Rabbim, TV karşısında uykuya dalan değil, Kur'an başında uyuyakalıp rüyalarında bile Allah diyen evlatlar nasip eylesin.

Sabah namazına kalkamayanlara ufak bir tavsiye: Yatmadan önce 2 litre su içmeyi deneyin, teheccüde bile kalkarsınız... Hem de hızlı. ☺

2. Bölüm

Namazsız Yaşanamaz!

Geciken Yatsının Ağırlığını Bilir misin Genç?

Youtube'da 1 milyon 300 binden fazla tıklanan "Namaz kılmakta zorlanıyor musun?" videosuyla binlerce insanın namaza başlamasına vesile olduk hamdolsun.

Tutan filmlerin ikinci ve üçüncü versiyonlarının yapıldığı gibi biz de ikinci ve üçüncüsünü yaptık. Çok da iyi gidiyor şu ana dek.

Beş vakit kılmayan bir arkadaşıma bu videonun 1 milyondan fazla tıklandığından bahsetmiştim, belki onun da etkilenebileceğinden umut ederek...

Videonun başlığı olan "Namaz kılmakta zorlanıyor musun?" ve tıklanma sayısını söyleyince çok farklı bir bakış açısıyla üstüne alınmamayı tercih etti ve dedi ki:

"Demek ki namaz kılmakta zorlanan 1 milyon insan varmış!" ☺

Beni internetten tanıyan insanlar genellikle bu video vesilesiyle tanıyorlar. Tanıştıklarıma bazen sorarım, "Namaz kılmakta zorlanıyor musun kardeşim?" diye.

O da genelde "Videoyu izlemeden önce zorlanıyordum ama artık değil" cevabını verince:

"Kardeşim, o sohbeti ben yapmama rağmen hâlâ zorlanıyorum. Sen nasıl zorlanmıyorsun?" diye sorarım.

Sabah namazına uykulu uykulu kalkarken alarmı kırmak istersin. Şeytan göz kapaklarına çöker. "5 dakika daha... 5 dakika daha..." dersin kendi kendine ve zorlanırsın bazen.

Geciken yatsı namazının ağırlığını, gece 2'de namaza duran mü'minlere sor. Bekledikçe ağırlaşıp, uykunun çöktüğü ilginç bir namazdır yatsı...

"Şimdi yatayım da gece hem yatsı hem teheccüd kılarım" deyip öğlen ezanıyla uyananlar da olmuştur elbette.

Geceleri uyku bilmeyen öğrenci evinin imsak vaktini beklerken, imsak vaktine son 10 dakikada şeytanın göz kapaklarına uyguladığı basıncı yaşamayan bilmez. ☺

Kısacası çoğu vakit aşk ve şevkle kılsak bile, bazen oluyor, zorlanıyoruz. Ancak bazı zorluklar, elde edilen feyze ve neticeye nispeten çok ucuz düştüğü için sebat eder, dayanırız.

Bu noktada da ihlas devreye giriyor. Namazı, zorlanmadığın ve lezzet aldığın için mi kılıyorsun yoksa rıza-yı ilahi için mi kılıyorsun?

Elbette Allah rızası için kılındığında da çok ciddi feyizler alınıyor. Ancak amaç bu değil! Mevla verirse feyzi eyvallah, vermezse ihlasımızı imtihan ediyor demektir.

"Meşakkatli, külfetli, zevksiz, sıkıntılı a'mâl-i sâliha (salih ameller) ve umur-u hayriye (hayırlı işler) daha kıymetli, daha sevaplıdır. O sıkıntıda, o meşakkatteki ziyade sevabı ve makbuliyeti (kabul edilmeyi) düşünüp, sabır içinde mesrurâne (mutlulukla) şükretmek gerektir."

(Kastamonu Lahikası)

Devamı için Bir Not: sert ve Açık Sözlü Bir Bölüm

Başlangıç bitti. Mevzuya giriyoruz.

Sevdiğin insanların göz göre göre kendine zarar verdiğini görmek üzülmene ve o sevdiklerine kızmana sebep olur. Ne kadar seversen o kadar tepkili kızarsın.

Çevremde namaz konusunda sıkıntılı arkadaşlarım var. Beş vakit kılmayan veya sabah namazına kalkamadığı hâlde okula ve işe kalkma konusunda çok hassas olan! Tertemiz nur yüzlü bu kardeşlerim bazen beni üzüyor. Ben de sert sitemlerde bulunuyorum sevdiğimden...

Belki kitabın devamındaki yazılarımda da neşter vurmak kadar can acıtıcı ifadelerle karşılaşanlar olacak.

Ben de herkes gibi kusurlarıyla boğuşan arızalı bir adamım. Ancak kardeşlerimin yalnız olmadıkları için namaz kılmadıklarını düşünüyorum. Yani işin içinde şeytan olmasa, elbette Allah'ını seven, Resulullah dediğinde kalbinde haşyet hissedenler alınlarını secdeyle ebede uzatacaklar.

Bazen şiddetli ifadelerim şeytanı def edip hakikati bütün çıplaklığıyla göz önüne sermek içindir. Neşter can yakar elbette. Ancak ameliyat bitince daha zinde ve sağlıklı olacağız.

Namaz kılmıyorsak, nefsimizi ikna edip başlatacak, kılıyorsak da namaza odaklanma ve huşumuzu arttırarak daha manevi bir iklimde kılmamızı sağlayacak bir sonucu Rabbimden niyaz ediyorum.

Nefsimizin hoşuna gitmese de terbiye olacağı bir neşteri, başta kendi kalbime sonra sizlere vuruyorum. Rahman ve Rahim olan Allah'ın adıyla...

Allah Resulü buyurdu ki: "Namaz dinin direğidir." Ancak bu kadar net ifade edilebilirdi, bu kadar az kelimeyle bir hakikat...

Hayatımızda ihtiyaç duyduğumuz birçok şey vardır. Bazıları gerekli, bazıları ise olmazsa olmazımızdır.

Beş katlı bir bina için pencereler, kapılar mutlaka olmalıdır. Bunlar çok önemli olsa da, binayı ayakta tutan kolonlar kadar olmazsa olmaz değildirler. Kapı olmasa bile bina yıkılmaz. Kolonlardaki bir sıkıntı ise, bütün bina ve içindekilerin yıkılmasının sebebidir.

Hadisi bu açıdan ele aldığımızda, namaz kılmayan birisinin kolonları ciddi tahribat gördüğünü ve her an din binasının başına yıkılabileceğini söyleyebiliriz.

"Kâinatta en yüksek hakikat imandır. İmandan sonra namazdır."

(Tarihçe-i Hayat)

Namazı Küçük Görenin Büyük Meselesi Kalmamıştır

İmandan hemen sonra gelen namazın bu kadar aksatılmasının ve birçok insanın beş vakit eda etmemesinin sebebi nedir?

Birçok sebebin en önde gelenlerinden birisi de görenek belası olsa gerek. "Kimse kılmıyor ki" psikolojisi... Ücret ve mükâfat vakti 'önce ben' diyen nefis, hizmet ve meşakkat vakti 'neden ben' diye hayıflanıyor.

Bulunduğum sohbet ortamlarında liseli kardeşler üzerinden anlattığım bir örnek vardı namaza rağbetin azlığıyla ilgili. Yine böyle bir gün Sözler Köşkü sohbetindeyiz. Kalabalık bir ortamda konu namazdı.

"Liseli kardeşim, kaç kişi var sınıfta?"

"Abi 35 kişi."

"Kaç kişi namaz kılıyor, lütfen söyler misin?"

"Sıfır..."

"Sen de mi kılmıyorsun!" ☹

Bir anda kalabalığı bir gülme aldı. Gülünç, aynı zamanda trajikomik bir olay bu.

Biz insanlar, çevremizdeki insanların alışkanlık ve hâllerinden etkileniyoruz.

Toplamda 200 kişilik bir arkadaş grubunuz olsa ve bunların hepsi İslam'ı üst seviyede yaşayan takva sahibi insanlar olsa, bu seni az veya çok olumlu manada etkiliyor.

200 arkadaşın hepsi Allah yolundan uzak gafil yaşayışa sahip ise bu yine seni az veya çok olumsuz manada etkiliyor.

Asrımıza baktığımızda ise, günahların normalmiş gibi servis edildiği televizyon kanallarıyla insanlara ve özellikle gençlere şu mesaj veriliyor:

"Alkol, gıybet, haram tarzlar, yalan vs... Bunlar normal insani, herkeste olan şeyler. Sen de herkes gibisin. Kim namaz kılıyor ki bu asırda?"

"Hem deme, 'Ben de herkes gibiyim.' Çünkü herkes sana kabir kapısına kadar arkadaşlık eder. Herkesle musibette beraber olmak demek olan teselli ise, kabrin öbür tarafında pek esassızdır."

(Sözler, On Dördüncü Söz)

Dünyanın birçok yerinde yapılan yanlışları, fesatları ve kendi hatalarımı düşünüyor ve diyorum ki: "Allah'ım ne kadar sabırlısın!"

Hâlbuki bir patron bir işçisinden bir iş yapmasını istese ve yerine getirilmese... Bunu 70 defa söyletse, herhâlde artık onu çoktan işten kovmuş olacaktır.

Kur'an'da yetmişten fazla geçen namaz ise kulu tarafından her vakitte reddediliyor.

Sabah namazı vakti...

Kalkmıyorum...

Öğlen ezanı...

Çok önemli işlerim var...

Akşam vakti...

Gitmiyorum...

Yatsı namazı...

Yorgunum...

Yılın 365 günü...

Yıllarca...

Çoğunluğun kılmaması ise hiçbir özür teşkil etmiyor. Kendini başkasına kıyas etme gafletinde misin yoksa canım kardeşim?

Beş vakit kılmayan, cuma dedin mi, "Camiye gitmesini biliriz" der. Cumaya gitmeyen bayram namazlarıyla vicdanını rahatlatır. Bayram namazını kılmayan da abdestsiz cenaze namazı kılmasıyla bilinir. Cenaze namazını saçma bulup gitmeyenin de bir gün cenaze namazını kılarlar elbet...

Kendini başkasıyla kıyaslayıp vicdan rahatlatma merasiminde, barlarda gayrimeşru takılanlara bakıp, "Milletin karısında, kızında değiliz, hırsız değiliz, hain değiliz" diyen kardeşim!

Namaz kılmamanın en büyük günahlardan birisi olduğunu duymamış olabilirsin ancak şunu bilmende fayda var:

Cehennemde kontenjan sıkıntısı yok!

Yani melekler, o günahta aşırı giden bardaki adamları cehenneme atıp kontenjanı doldurduktan sonra cuma namazların var diye, seni cennete gönderecek değiller. Alabildiğine alır cehennem...

Cehennemi bir kenara bırak. Allah'ın karşısında hiç utanmayacak mısın, dinini dünyaya sattığın için? Allahu ekber değil de para ekber diyerek sebeplere secde ettiğini nasıl unutacaksın. Bize karşı tarif edilmez derecede merhametli olan Allah'a bunları nasıl yapabilirsin?

Hem hafife alınacak bir günah değildir namaz kılmamak. İslamiyet'te imandan sonra namaz gelir. Ve dini ayakta tutan direktir. Hak mezheplerden birisi de Hanbeli mezhebidir. Bu mezhebin imamı olan Ahmed bin Hanbel Hazretleri ezberindeki 1 milyon hadisle en büyük hadis âlimlerindendir.

Hanbeli mezhebinin namaz kılmamanın hükmüyle ilgili görüşünü aktarmak isterdim ancak bunu kaldıramayacak okuyucular olduğundan çekiniyorum.

Kısaca çıkan sonucu ifade edeyim. Bu mezhebe göre, şartlara sahip olup namaz kılmayan, öldüğü vakit, Müslüman adetlerine göre cenaze töreni yapılmaz, kefenlenmez, yıkanmaz. Kısacası, dinin en şiddetli emirlerindendir namaz.

Bu konuyla ilgili ayet ve hadisler:

"Her nefis kendi kazandığından dolayı rehindir. Ancak amel defterleri sağından verilenler müstesna. Onlar cennettedirler. Günahkârlara sorarlar: 'Nedir sizi cehenneme sokan?' Onlar der ki: 'Biz namaz kılanlardan değildik. Yoksula da yedirmezdik. Boş şeylere dalanlarla dalar giderdik. Ceza gününü de yalanlardık. Nihayet bize ölüm gelip çattı."

(Müddessir Suresi, 38-47)

"Birtakım insanlar ki, ne ticaret ne de alışveriş onları Allah'ı anmaktan, namaz kılmaktan ve zekât vermekten alıkoymaz. Onlar, kalplerin ve gözlerin allak bullak olduğu bir günden korkarlar."

(Nur Suresi, 37)

*"Sonra onların ardından öyle bir nesil geldi ki, namazı terk ettiler ve şehvetlerine uydular; onlar cehennemdeki gayya * vadisini boylayacaklardır."*

(Meryem Suresi, 59)

*(*Kur'an'da gayya vadisi diye geçer, cehennemde bir vadidir. Öyle bir vadidir ki diğer tüm vadiler ondan korkar ve Allah'a sığınır. Zevkle günah işleyenler ve namaz kılmayanlar gayyalarda yanar. Akan pis irinler orada toplanır. Büyüktür, derindir, durmadan kaynar. Buharı ateşten daha çok yakar.)*

İbn Ömer (r.a.) rivayet ediyor:
Resulullah sallallahu aleyhi vesellem şöyle buyurdu; "Namazın dindeki yeri, başın vücuttaki yeri gibidir."

(Hadis-i Şerif - Mecmâü'l-Evsat, 3:154, 2313)

Ebu'd-Derda (r.a.) şöyle dedi:
"Dostum Muhammed (a.s.m.) bana şöyle tavsiyede bulundu. Parça parça kesilsen de, yakılsan da Allah'a ortak koşma ve farz olan namazı bilerek terk etme. Kim ki farz olan namazı bilerek terk ederse Allah'ın koruması ondan uzaklaşmıştır."

(Hadis-i Şerif - Müsned, 5:238)

Abdullah bin Kurt'tan (r.a.) rivayet edilmiştir:
Resulullah sallallahu aleyhi vesellem şöyle buyurdu: "Kıyamet günü kul, ilk önce

namazdan hesaba çekilecektir. Namaz düzgün ise diğer ameller de düzgün olacaktır. Eğer namaz bozuk ise diğer ameller de bozuk olacaktır."

(Hadis-i Şerif - Taberanî)

Hz. Peygamber (a.s.m.) şöyle buyuruyor: "Bilerek namazı terk eden kişiden, Allah ve Resulünün zimmeti uzaktır."

(Hadis-i Şerif - Ahmed b. Hanbel, IV:238)

Sen de Amerikan olabilirsin

Televizyon dizileri haram sevdalar ile öyle bir hâl almış ki, genç birisinin izleyip de etkisinde kalmaması çok güç.

İzleyenlerde "Sen de böyle olmalısın" mesajı uyandırarak ülkemizin bireylerini Amerikan kültür ve alışkanlıklarına özendirme çabası, maalesef tam olmasa da başarıya ulaşıyor gibi görünmekte.

Bir ülkeyi fethedip bayrağını dikmek ordularla olacak ve yıllar sürerek ciddi ekonomi gerektirecek bir hamle. Bununla birlikte yaşanan can kayıpları ve halk üzerindeki savaş psikolojisi ise, savaşın binlerce sıkıntısından sadece birkaçı. Dökülen kanlar, kaybedilen bedellerle birleşince, oldukça zorlu bir iş savaş açan ülke için de...

Amerikan ordusunun, askerî olarak güçlü bir ülke olan Türkiye'ye böyle bir savaş açması çok kanlı, uzun ve sonucu da şüpheli bir strateji olmaz mıydı?

Bu külfetli savaşa girmekten daha temiz bir fetih var. Her eve bir TV kablosuyla girerek o ülkenin insanlarını Amerikanlaştırmak!

Kan döküp o ülkenin Amerika kontrolüne girmesindense ülke insanlarını, onların kültürüne asimile etmek daha temiz ve mantıklı.

Böylece Amerikan nüfusu da artmış oluyor hem. Bu sebepten Hollywood'a katrilyonlar aktarılıyor ve ülkemin Müslümanlarını Hristiyan bir kültüre asimile edilmeye çalışılıyor. Yoksa neden birçok Amerikan filminde bizi kiliseye götürüyorlar hiç düşündük mü? Amerikan hükümetinin bu sahnelerden ötürü film bütçesine destek verdiğinden olabilir mi?

Kısacası, kandırılıyoruz. İslam'dan bizi uzaklaştırmaya çalışan düşmanlarımız tarafından...

Senaryosunu tanzim ettiğim Hristiyan ve Müslüman iki gencin arasındaki konuşmayı içeren kısa filmdeki replik ne kadar manidar değil mi?

HRİSTİYAN HAKLI DEĞİL Mİ?

MÜSLÜMAN GENÇ: Ya bir şey merak ediyorum, Müslüman bir ülkede Hristiyan olarak yaşamak zor değil mi?

HRİSTİYAN GENÇ: Çok da zorlanmıyorum, Hristiyan olarak yaşamak o kadar da zor değil. Burasının da 'Batı'dan pek farkı yok.

MÜSLÜMAN GENÇ:Peki, siz nasıl ibadet ediyorsunuz?

HRİSTİYAN GENÇ: Her pazar kiliseye gideriz, mum dikeriz, sevdiklerimize dualar ederiz.

MÜSLÜMAN GENÇ:Ha öyle mi? Biz de her cuma camiye gideriz, namaz kılarız, ibadet ederiz.

HRİSTİYAN GENÇ: Ya, siz nasıl ibadet ediyorsunuz?

MÜSLÜMAN GENÇ: Yani, bizim olmazsa olmaz beş vakit namazımız vardır. Her gün beş vakit abdest alır, takkemizi takar, namaz kılarız huşu ile... Namaz olmazsa olmazımızdır. Dinimizin direğidir yani. Kur'an'da yetmişten fazla namaz kelimesi geçer.

HRİSTİYAN GENÇ:

Sen kılıyor musun peki?

MÜSLÜMAN GENÇ: Yani... Kılmaya çalışıyorum ama... Beş vakit kılamıyorum maalesef.

HRİSTİYAN GENÇ: Neden?

MÜSLÜMAN GENÇ: İşte... İşler falan... Bir türlü denk gelmiyor.

HRİSTİYAN GENÇ: Hımm, anladım. Peki, başka nasıl ibadet ediyorsunuz?

MÜSLÜMAN GENÇ: Yılın bir ayı oruç tutarız. Hatta o ay gelsin diye iple çekeriz. 11 ay bitsin diye falan. Çok zevklidir. Gece sahura kalkarız, hep beraber toplanır kahvaltı yaparız. Oruç harika bir şeydir. Sabahtan akşama kadar aç ve susuz kalırız...

HRİSTİYAN GENÇ: Susuz kalıyorsunuz öyle mi?

MÜSLÜMAN GENÇ: Evet, ama yine de güzeldir...

HRİSTİYAN GENÇ: Hiç gizli gizli su içmiyor musunuz?

MÜSLÜMAN GENÇ: Yok, nasıl gizleyeceksin ki? ☺

HRİSTİYAN GENÇ: Doğru... O zaman sen oruç tutuyorsun.

MÜSLÜMAN GENÇ: Yani ben... Tutmaya çalışıyorum ama... Bir hafta falan tutuyorum başlarda. Sonra zorlanıyorum tabii, işim ağır olduğundan.

HRİSTİYAN GENÇ: Sadece namaz ve oruç mu var sizde?

MÜSLÜMAN GENÇ: Yok, hayır... Biz Kur'an da okuruz. Gerçi ben Arapça bilmiyorum. O yüzden okuyamıyorum ama... Annemler falan onlar biliyor ve okuyorlar. Ben de onlar okuduğu zaman dinliyorum.

Bir de mesela bizde evlilik çok önemlidir. İslamiyet için olmazsa olmazdır. Flörtmüş... Sevgiliymiş... Bu tarz şeyler kesinlikle bizim dinimizde yoktur. Belirli bir zaman tanışma evresi vardır ama hemen evlenilir zaten.

HRİSTİYAN GENÇ: Anladım. Senin hiç sevgilin olmadı o zaman?

MÜSLÜMAN GENÇ: Yani... Birçok sevgilim oldu. Tabii hepsiyle ciddi düşünmeye çalıştık. Hepsiyle evlenme planları yaptık ama olmadı. Şimdi de 6 aydır görüştüğüm bir sevgilim var. Allah'ın izniyle evleneceğiz.

HRİSTİYAN GENÇ: Beş vakit namazımız var diyorsun, ama namazı kılmadığını söylüyorsun. Ben de zaten namaz kılmam.

Yılda bir ay oruç tuttuğunuzu söylüyorsun. Ama iş güç deyip yine tutmadığını söylüyorsun. Ben de oruç tutmam zaten.

Kur'an-ı Kerim'i de Arapça bilmediğin için okumadığını söylüyorsun. Zaten ben de Kur'an-ı Kerim okumam.

Bir tek cumadan cumaya camiye gittiğini söylüyorsun. Ben de zaten pazardan pazara kiliseye giderim.

Dininizde flört olmadığını söylüyorsun. Ama benden çok sevgilin olmuş. Peki, dostum söyler misin:

"Seninle benim ne farkımız var?"

Kıl Kıl Kıl Nereye Kadar?

Şu an gece 2:51 ve bana namaz farz değil! Yatsıyı eda ettiğime göre üzerime farz olan yeni bir namaz yok. Allah yaşatırsa sabah namazı birkaç saat sonra bana farz olacak.

Geçmiş zaten bitti, hamdolsun borcumuzu ödedik. Gelecek daha gelmediği hâlde, gelecekteki namazı külfet hâline getirerek şu anda kendini sıkıntıya sokmak kâr-ı akıl olmasa gerek.

Namaz hiç bitmeyecek mi? Sadece ölene kadar farz.

Bizi aldatan 'tevehhüm-ü ebediyet', hiç ölmeyecekmişiz hissiyatı. Öleceğimizi aklen bildiğimiz hâlde, ölecek gibi hissetmiyor oluşumuzun, bizi sürekli aldatıyor olması.

Dünyada ebedi kalmayacağız. Bitecek... Yaşasan yaşasan 40-50 sene yaşayıp fişin çekilecek.

Çevresinde birçok genç arkadaşını kaybeden birisiyim. Geceleri ibret almak için mezarlıkta yalnız kaldığım da vakidir. Mezarlıkta, bayram kalabalığında, insan ölümün dondurucu soğuğunu ve sessizliğini hissedemiyor kalabalıktan. Yalnız kaldığında ise, karanlık, ölülerin sessizliği ve yalnızlığı derinden vuruyor insanı.

Ölmeden evvel yalnız başınıza gitme cesaretini toplayabilip giderseniz, orada 1988, 1992, 1995 doğumlu gençlerin mezar taşlarını da göreceksiniz.

Ailelerinin gözyaşlarıyla sulanmış kara bir toprak var. Ancak herkes gibi onlar da sevdikleri tarafından unutulmaya mahkûm kalmışlar. Unutmamalarını bekledikleri insanlar da unutulduktan sonra kim ne fayda seni hatırlasa...

Emin olun ki, ölmeden bir gün önce bu gençlerin neredeyse hepsi 'yapılacaklar listesi' dolu olan, hayatında yarınlarla ilgili heyecanlı planlar yapan hayat dolu canlardı. Hâlbuki, kafasındaki planlarla gömdüler toprağın dibine.

Belki de bu satırlar, okuduğu son satırlar olan okuyucu sensin.

Ve Rabbin, bu kusurlu yazar kardeşinle sana son bir teklifte bulundu.

Sen de bu teklife 'hayır' dedin.

Seçim senin...

Ölümde hüsn-ü hatime çok mühimdir. Ölmeden önceki son manevi hâl... Hayırlı bir hayat üzereyken gelen Azrail (a.s.) sanki senin dostun gibi seni alıp huzur-u Resulullah'a yolcu ederken, Allah'tan uzak bir ahvaldeyken gelen Azrail (a.s.) son derece ürkütücü, dayanılmaz acılar verip dehşetli bir hâletle azap diyarına yolcu ediyor insanları...

Belki de son 30 saniyen... Dilersen 30'dan geriye doğru say ve derin bir nefes alarak Rabbine nefes aldığın için "Şükürler olsun" de...

Ölümü ciddi manada dem ve damarlarımda hissettiğim birkaç an oldu. Issız ve sessiz bir parkta, iki gaspçı telefonumu istemişti. Büyük ihtimalle hap almış ve gözü kara olan bu iki adama karşı direnmeye çalışınca, boğazımda bir bıçağın keskinliğini hissettim.

O an... İşte o an dünya ve içindekiler o kadar kıymetsiz ki...

Şimdi düşünüyorum, hırsız bir adam bana aslında son model telefonumun ve dünyanın ölüm karşısında ne kadar değersiz olduğunu anlatıyordu farkında olmadan...

Bıçağı aşağıya doğru 2 cm indireydi kanlar içinde çırpınarak dünyaya veda edecek, can verip çetin bir hesap gününe doğru korkuyla yol alacaktım.

Rabbime şükürler olsun hâlâ nefes alıyorum. Hayat da ondan memat da...

Size de oluyor mu bilmiyorum ama bazen şükrederken enteresan bir hâlet oluyor.

Hiç layık olmadığım hâlde, o kadar kendimi nimetlere boğulmuş hissediyorum ki, gözlerim doluyor şükrün hakkını veremeyerek, "Rabbim" diyorum sıcacık bir samimiyetle...

AYNI DİNDEN DEĞİLİZ

Akıl tutulması nedir?

Bir insanın yanlış olduğu çok bariz, saçma bir eylemi kendisine çok mantıklı gelerek uygulamasıdır. Özellikle ahirete dair amellerde çokça görülür.

Doğruluğuna kesin ama kesin inandığın o bariz yanlıştan, seni vazgeçirmek isteyenlere kızacak kadar asabileşebiliyorsun bu eminlikle.

Hakkı batıl göstermek üzere tüm yeteneklerini ortaya koyan şeytan, namaz konusunda akıl tutulmasına sürüklüyor insanı. Bir nevi argo tabirdeki 'alırım aklını' yaşanıyor.

Dünyada bir maişet kazanmak için çalışıp duruyorsun veya çalışacaksın bir gün. Sabah erkenden iş yerinde yoğun bir tempo, alacak-verecek, hesap-kitap derken akşam oluveriyor.

Bu koşuşturma ve yorgunluk içinde nefsin kendini mazur görüyor ve vakti olmadığından kılamadığına kendini inandırıyor.

Hâlbuki *"İnsanın bu dünyaya gönderilmesinin hikmeti ve gayesi Hâlık-ı Kâinatı tanımak ve O'na iman edip ibadet etmek"* (Şuâlar, Yedinci Şuâ) değil miydi?

Ne oldu da asıl işimizi unuttuk ve önem sırasına başka şeyleri koyduk?

Namaz kılacak adamın, onu alıkoyacak işlere "Olmaz işim var" demesi lazım gelirken, namaza ve Allah'a "İşim var" denilir olmuş.

Her kim olursa olsun, illa ki öğle namazının en azından farzı için 10 dakika vakit bulabilir.

Tuvalete gidip yarım saat gelmeyen adama bir şey demeyen patron, 10 dakika Rabbiyle görüşen bir adama karşı çıkacak kadar şerefsizse orada durmanın bir âlemi yoktur zaten.

Rızık Allah'tandır diye iman ettik. O işten veya bu işten... Bir şekilde gelecek... Ben rızkı verenin Allah olduğuna inanıyorum. Patron olduğuna inananlarla aynı dinden değilim! Verirsin istifanı kapıyı çeker gidersin en kötü ihtimalle. Ahiret, bazen insandan bedel ister.

Düşünsene, günde 12 saat var gücünle çalışıp 3 bin TL gibi bir maaş alan birisi, günde 1 saat namazla sonsuz bir cenneti kazanacağı hâlde kılmıyorsa bunun adı nedir? Akıl tutulması olmasın! 12 saat iş 3 bin TL'ye tamam, sadece 1 saat namazla sonsuz cennete, sonsuz TL'ye hayır!

Sakın, şeytan senin aklını tutmuş olmasın kardeşim. Yoksa, şeytan dahil olmadan, kendi başına kalsan bu kadar büyük bir enayiliğe 'evet' demezsin. Bu işin içinde bir şeytanlık var!

Etrafına bak, başını kaldır. Görmüş olduğun bütün nimetleri saymaya kalksan bir ömür buna yetmez. Demek oluyor ki, seni Yaratan seni hediyelere boğmuş.

Göz vermiş, rengârenk muhteşem kâinatı seyrediyorsun. İşitme duyusunu vermiş, coşkulu bir şelalenin sesiyle rahatlıyorsun. Nefes alıyorsun ciğerlerine kadar her daim. Dünyayı güneşi senin hizmetine vermiş. Seni yoktan armağan edip, var etmiş. En büyük hediye olarak da anneni etrafında döndürmüş.

Hiç düşündün mü, bir insan neden evladının rahatı için canı pahasına bu denli fedakârlık yapar?

Kaldır perdeyi, zahir olsun Yaratan...

Sen ki, ıslak mendil veren adama bile teşekkür edersin. O hâlde akıl nasıl tutulmuş ki, kâinatı ve içindekileri, trilyonlarca hediyeleri asıl gönderene teşekkür olan beş vakit namazı hayatından çıkarır olmuşsun.

Kargoculara minnetle teşekkür edip, asıl göndereni umursamamak hangi çürük vicdana sığar?

İnsan bazen ağzıyla bazen de hareketleriyle konuşur. Birisini dilini kullanmadan, umursamadığını veya takmadığını hareketlerinle de ifade edebilirsin. Buna hâl dili diyoruz.

Ezan okunup 'Hayye alessalah' (haydi namaza) diye Rabbin seni çağırıp davet ettiğinde, ona ne cevap veriyorsun gitmeyerek?

Hareket dilinle yerinden bile oynamayarak şunu demiş olmuyor musun?

"Allah'ım beni huzuruna istiyorsun ama ben gelmeyeceğim! Yıllardır gelmedim! Benim Senden daha önemli işlerim var. Yıllardır uğraştığım işlerimden daha önemsizsin ki, hayatımda Sana yer ayırmadım. Ben 3 bin TL para için günde 12 saat çalışarak ciğerimi satarım patrona. Patronumun emir ve yasaklarını asla çiğnemem. Hele bir de mesai ikramiye olsun, bin TL daha atsın seksen tane takla atarım patronumun etrafında. Ama senin günde sadece 1 saatlik namazla sonsuz cennetin beni ilgilendirmiyor. Umurumda değil, beni her ama her gün beş defa namaza çağırman! Patron para veriyor. Sen vermiyorsun!"

Evet, dünyevi zevklere ve paraya secde etmek böyle bir şey olsa gerek. Dinimiz "La ilâhe illallah" (Allah'tan başka ilah yoktur) diye tekrar tekrar vurgu yaparken, Kâbe yönü dışındakilere secdelerden bahsediyor olmasın canım kardeşim. ☹

Acı ama gerçek olan bu!

Hâlinle, seni hediyelere boğan Allah'ı ve O'nun emir ve yasaklarını takmadığını ifade ediyorsun.

Buna rağmen Allah sevgisinden bahsetmek mümkün mü? Seven, sevdiğinin bir dediğini iki eder mi? Seven sevdiğinin her gün beş dediğini sıfır eder mi?

Namaz kılmak akıllı insanın işidir. Bir verip yüz kazandığın bir ticareti, elinin tersiyle iten adamın akıllı olduğu söylenebilir mi?

Oysa günde 1 saatini Rabbine ayırmayarak sonsuz bir cenneti elinin tersiyle iten insan, günde 10 saat çalışarak dünyada aylık 3 bin TL'yi kazanmayı kabul ediyor. Sonsuz kat daha kârlı bu manevi ticarete neden rağbet etmiyor? Çünkü yalnız değil bu oyunda.

Tek başına olsa, az bir ücret için 10 saat çalışan insan, sonsuz için 1 saatini neden vermesin. Yanı başında, hakkı batıl gösteren bir şeytan var, onu yıllardır kandıran... En uyanık ve akıllı tacirleri bile zarar ettiren dessas ve kurnaz bir mahlûk... Şeytan, çok şeytan ama Allah'tan, Allah var!

Hem namaz kılmak, işte çalışmak gibi sıkıcı bir şey değildir, ruha iyi gelir. Vicdanı rahat, kimseye borcu kalmamış bir adam edası verir. Manevi sırların ve lezzetlerin kapıları açılır sonuna kadar.

Su, ne ise senin için... Yemek ne ise... Nefes almak nasıl bir ihtiyaçsa... Namaz da ruhun için böyle şiddetli bir ihtiyaçtır.

Devamlı kılanlar bilir, tekbir alırken ellerini yukarıya doğru götürürsün ve elinin tersiyle bütün dünyanın boğucu, karışık, fırtınalı havasını geriye iter, yağmur sonrası güneşin dinginliğine ulaşırsın.

Aklını, kalbini ve ruhunu fâniyattan temizleyerek geride bırakır, 'Allahu ekber' dersin. Rabbinin önünde boynun bükük, günahkâr, vazoyu kırmış hatalı çocuk gibi mahcup ve bir o kadar da karşısındakinin şefkatinden emin...

Ellerini sımsıkı bağlar kenetlersin Fatiha'da, fırtınada dayanak noktası bulur gibi...

Ve nihayet alnınla usulca seccadeye dokunursun. Allah'a en yakın olduğun yerdesin, kalbin en sıcak ve gözyaşının en anlamlı olduğu an... Kalbin türlü türlü manalar ve feyizler coşar. Düşlüyor ve düşünüyorsun.

"Allah birdir. Başka şeylere müracaat edip yorulma. Onlara tezellül (zillet) edip minnet çekme. Onlara temellük edip boyun eğme. Onların arkasına düşüp zahmet çekme. Onlardan korkup titreme. Çünkü Sultan-ı Kâinat birdir. Her şeyin anahtarı O'nun yanında, her şeyin dizgini O'nun

elindedir. Her şey O'nun emriyle halledilir. O'nu bulsan, her matlubunu (istediğini) buldun; hadsiz minnetlerden, korkulardan kurtuldun."

(Mektubat, Yirminci Mektup)

Namazda düşünürken bilirsin ki, bir duyan var ağzından çıkan kelimeleri, fısıltıları, hatta en ince hatırat-ı kalbi bile...

Gün boyunca canını sıkan insanlar ve olaylarla moralini bozmak isteyen şeytana da dersin ki:

"Madem kalbimin en ince hatıratını bile duyup cevap veren bir Allah var. Dünyanın beş para minnetini çekmem. Madem O var, her şey var."

Ah kardeşim, yoksa sen namazı yatıp kalkmak mı zannetmiştin?

Efendimiz (a.s.m.), "Namaz mü'minin miracıdır" derken mübalağa edecek değil ya! Seni şefkatiyle nimetlere boğan Allah ile randevun var. Seni yoktan var eden Rabbinle buluşman var. Gitmek istemiyor musun?

Bediüzzaman, beş vakit namaz kılanın namazlar arasında yapmış olduğu mübah dünyevi amellerinin bile ibadet hükmüne geçtiğinden bahseder.

Sabah, öğle, ikindi, akşam ve yatsı... Bunların arasında günahlar haricinde tüm yaptıkların ve çalışmaların ibadet hükmüne geçiyor.

Gelmişsin, 63 yaşına... Buruştun, güzel değilsin artık. Telefonunun şarjı haftalarca gider olmuş kullanmamaktan. Ölümün keşif kolları olan hastalıklar sardı seni. Tadı azaldı sanki dünyanın veya senin tadın kaçtı.

Etrafında heyecan ve enerji dolu gençler var, tıpkı bir zamanki sen gibi. Otobüste sana yer veriyorlar artık. Ayrılık yakındır dünyadan...

Arkana bakıyorsun, geçmişine... "Ömrüm boyunca ibadet ettim" diyebiliyorsun, çünkü beş vakit ve araları var seninle. Ölüm yakın ama olsun, Resulullah (a.s.m.) da yakın inşaallah.

Düşünsene, gözlerini kapadın ve açtın. Karşında daha önce gördüklerine hiç benzemeyen bir adam var.

Kalbine tatlı ve sıcak bir ağırlık çöktü. Kalp 63 senelik bir aradan sonra sevdiğine kavuştu çünkü. Hz. Muhammed (a.s.m.) kollarını açtı ve ona sımsıkı sarılıp "Hiç bırakmayayım" dedin.

Yılların uzun hasreti birkaç saniyede dinmezdi elbet.

Dedin ki:

"Ey Allah'ın Resulü, bu günahkâr ben, senin açtığın bu yolda ilerlerken bazen düştüm, bazen günaha girdim Allah'ın huzurunda. Zaman oldu ki, bin defa ölmeyi istedim hayattan usanarak. Günahlarımdan tövbe ettim. Ancak, düştüğümde, sürünerek de olsa senin izlerini takip ettim ve başımı secdeye koydum."

Ve sımsıkı sarılmaya devam ederek, gözyaşlarını cübbesine akıttın.

Bu hâl ve manzarayı hayal ettiğinde bile insan hissiyatlanıyorsa, acaba gerçekten Resulullah'a (a.s.m.) kavuşmak nasıl bir duygudur?

Belki de hiç bilemeyeceksin. Çünkü beş vakitten daha önemli işlerin vardı... Okulun vardı, işin vardı...

10 saat boyunca iş yerinde dişini tırnağına kattın dünyanın bir menfaati için... Ama sonsuz hayat... İlgilenmiyorsun...

Enayi Yerine Koyulmak

Sahip olduğun şeylerin başkasının eline geçmesi veya onları kaybetmek az da olsa üzer seni. Başkası seni enayi yerine koyduğunu hissettiğinde ise, dayanılmaz bir dürtü oluşarak sinirlenirsin.

Dost zannettiğin insanlar olur bir zaman sonra seni kullandığını hissettiğin. Kullanılmak ve enayi yerine koyulmak 'he' deyip geçemediğin anlar yaşatır sana. Senden 10 bin lira borç alırken ertesi gün vereceğini söyleyen birisi olsa ve ertesi gün telefonla aradığında hep şöyle bir ses duysan: "Aradığınız kişiye ulaşılamıyor!" Ne hissedersin?

Parası kerizlenerek alınmış ve sen üzülürken enayiliğinin hatırlanıp gülünmesi kadar koyan yoktur herhâlde.

Şimdi dön bir bak, secdesiz geçen yıllarına!

Ebedi hayatını mahvederek dünyanın beş

para etmeyen saçmalıklarıyla uğraştırıldığını anladığında, kullanıldığını ve şeytan tarafından enayi yerine koyulduğunu hissetmiyor musun?

Sen ki, akıllı ve uyanıktın. Ayakta uyuttu nefsin seni, yıllarca haberin bile olmadan. Her zaman kendine göre haklı bir mazereti vardı suçlu insanların.

Özgürsün zannedip şeytanın kölesi olmakla, namaz kılmayanlara bir dayanak noktası oldun. Vaktin yok... Vaktin yok... 18 senedir hâlâ vaktin yok. Bir gariplik yok mu?

Hâlbuki ne kadar boş TV programları için vaktin olmuştu. TV karşısında geçen vakitlerimizi toplasak, namazda geçen saatlerimizin 10 katı yapıyorsa burada bir enayilik var.

Delikanlı ve açık yürekli olmalı insan. "Vaktim vardı, kılabileceğim hâlde kılmadım. Mazeret üreterek yalan da söyledim ama şimdi çok pişmanım."

SEVİYORSAN GİT KONUŞ BENCE!

Sen ki, gerçekten sevdiğinin birisinin uğrunda neler yapmazsın. Bir de platonik aşkına karşılık bulmak için çırpınan birisiysen, maşukun için yapmayacağın çok az şey vardır.

"Aşk, ferman dinlemez" derler ya... Gayrısını görse de gözleri, profesyonel fotoğraf makinasının netleştirmediği flu kısmı gibi görür.

İşte aşk böyle bir şey... Gayrısını teferruat bilir.

Meselâ biri demiş:

"Güneş mahbubumun hüsnünü (sevgilimin güzelliğini) görüp utanıyor; görmemek için bulut perdesini başına çekiyor."

(Mektubat, Sekizinci Mektup)

Aşk, sevginin şiddetli hâlidir. Kişi kendisinden geçer. Bulutların üzerinde yürüyor gibi mutlu olur.

Bu insanların, bir köşe başında

kendi kendilerine dalıp gülümsediğini veya telefonda mesaj yazarken ağzının kulaklarına vardığını görürsün. Genellikle telefonlarının şarjı az gider.

Öylesine mutlu bir tablo çizerler ki, sadece GSM operatöründen mesaj alan arkadaşları tarafından kıskanılırlar.

Yalnızlar şarkı dinlediklerinde, şarkıların sözlerinin onlar için bir mana ifade etmesi için sevgili arayışına girerler. Hatta ayrılık şarkıları dinlerken tam bunalıma giremeyen yalnız kalpler, "Sevgilim olsa da ayrılıp dinlesem. Şarkılar bana da anlam ifade etsin" diyecek kadar ileri gidebilir.

Âşık insan şunları hisseder:

"Ondan daha iyisi yok... Biz birbirimiz için yaratılmışız... O olmazsa bu iş olmaz... Ondan daha iyisini kesinlikle bulamam... Biz ayrılamayız... Onsuz bir hayat düşünemiyorum..."

İşte böyledir insan, birine bağlandığında uğrunda her fedakârlığı yapabilir, onu memnun etmek için.

Peki, âlemlerin Rabbi olan Allah... Onu da seviyor musun?

Bütün güzellikler ve güzeller, Allah'ın güzelliğinin çok perdelerden geçmiş gölgesinin gölgesidir. **Acaba, gölgesinin gölgesi** olan bu dünya bile insanı şaşkına çevirecek güzellikte ise, Allah'ın güzelliği nasıldır?

Seven sevdiğinin bir dediğini iki etmez. Gel deyince nazlanarak değil, sevinerek, gözleri parlayarak ve koşarak gider. Ne zaman çağıracak diye heyecanla bekler.

Allah'ı gönülden sevdiğine inanan kardeşim, günde beş defa huzura çağırıldığın hâlde gitmezse, O Rab sormaz mı?

"Ey kulum, gönlünü verdiğin sevdalının bir dediğini iki etmez ve buluşmaları dört gözle beklersin de, Rabbin seni çağırınca görüşmek istemiyor musun? Kalbinde, seni yoktan yaratıp bütün ama bütün nimetleri sana veren Rabbine ne kadar az yer ayırmışsın ki, ezanı duyunca umurunda değil gibi hareket ediyorsun."

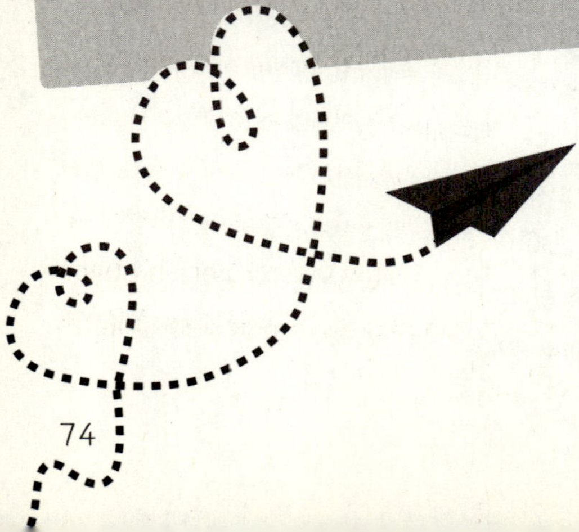

Ben ve Sevgilim Asla Ayrılamayız!

Eğer birini çok seviyorsan, onu kıskanırsın da... En ufak bir şeyine dikkat edersin çok seviyorsun ya hani!

Bu sevgi ne kadar büyük olursa, kıskançlık da o kadar büyük olur genellikle...

"Ne oldu? Telefonda kimle konuştun? Kimdi o? Müşteri hizmetleri miydi yoksa bir bayan mıydı?"

"Eve çok geç gelmeye başladın. Gözlerindeki o yabancı kim?"

"Artık benimle ilgilenmiyorsun. Acaba başkası mı var hayatında? Çok değiştin."

Niye seviyorsun? Çünkü sevmek lezzetli... Ama artık lezzet vermiyor, azap çekmeye başlıyorsun. Kıskançlık dışında bir de ayrılık acısı çekiyorsun.

Etrafta birbiriyle sevgili olan çiftlere bir bak! Belki yüzde 90'ı kısa bir süre sonra birbirinden ayrılıyorlar. Sonra başkasıyla çıkıyorlar, sonra ondan da ayrılıyorlar ve başkasıyla çıkıyorlar...

Yani evlenene kadar ehl-i dünya hayatı yaşayan biri belki 10, belki de 15 farklı kişiyle sevgili oluyor. Ama sonuçta hepsinde bir ayrılık elemi yaşıyor.

Hatta adam öyle bir aşk yaşıyor ki, kendini jiletleyecek derecede acı çekiyor!

Evet, sevmek lezzetli ama aynı zamanda acı veren, yakan, kavuran da bir şey... Şimdi diyorsun:

"Biz ayrılmayız be..."

"Bizimki öyle bir şey değil!"

"Bizim aşkımız kara sevda!"

Ama ayrılacaksın kardeşim! Çünkü ya o ölecek ya da sen öleceksin. İşte bu kadar basit!

Yani ikinizden biri önce ayrılacak ve bitecek... Ve haram bir sevda olduğu için de ayrılıklar daimi kalacak.

Yakınlaşmak için elle tutuşuyorsun ama aslında uzaklaşıyorsun. Çünkü sen onu, o da seni cehenneme atıyor. Nasıl bir sevgi bu?

Ölümü inkâr edebilir misin? Var mı hiç ölmeyen insan?

Herkes gibi sen de öleceksin o da ölecek. Ama bu aşk Allah yolunda olur, evlilikle olur... O zaman dersin:

"Biz ayrılamayız!"

ÂŞIK OLMAK İSTİYORUM BAŞKA BİR ŞEY DEĞİL!

Yüzde doksan şarkının konusu olmuş aşklar, ayrılıklar, karasevdalar... Diğer duygularımıza göre o kadar baskın, yoğun ve cazibeli ki, insanlığın ana gündeminin değişilmez maddesi olmuş.

Âlemlerin Rabbi olan Allah'a âşık olmak dünyevi bir aşk duygusunun şiddetinden geri değildir, elbette. Sonsuza, sana sonsuzu verene, asıl güzele meftun olup, O'nun muhabbetiyle kendinden geçmek... Evliyaullahın yolu böyle bir yoldu. Ve bu yol hâlâ açık...

> *"Vedûd ismine mazhar bir kısım evliya, 'Cenneti istemiyoruz. Bir lem'a-i muhabbet-i ilahiye (Allah sevgisinin bir parıltısı) ebeden bize kâfidir' demişler."*
>
> *(Sözler, Otuz İkinci Söz)*

Allah'ın aşkıyla, kendisinden, dünyadan ve hatta cennetten geçmek nasıl bir duygu yoğunluğudur?

İçim Sıkılıyor, Nefes Alamıyorum Sanki!

Yaşam, inişlerle çıkışlarla dolu bir serüven...: Sıradaki yapılacak işin keyifli olduğunu hatırlamak bile şu anını mutlu edebilirken, yarının pazartesi olması seni gerebiliyor.

Zaman seyrinde gelip geçen insanlar için bir han hâline gelen dünyamızın topraklarına damlayan o kadar çok hıçkırıklı gözyaşı olmuş ki...

Neyse ki, kimsenin seni anlamadığı ve kendini yalnız hissettiğin anlarda bile sesini duyan ve seni senden daha iyi anlayan birisi var. Seni duyuyor, anlıyor ve gücü her şeye yetişiyor.

> *"Sultan-ı Kâinat birdir. Her şeyin anahtarı O'nun yanında, her şeyin dizgini O'nun elindedir. Her şey O'nun emriyle halledilir. O'nu bulsan, her matlubunu (istediğini) buldun; hadsiz minnetlerden, korkulardan kurtuldun."*
>
> *(Mektubat, Yirminci Mektup)*

Genellikle ne için canımızın sıkkın olduğunu biliriz. Ödemeler, hiç ummadığın birisinden beklenmeyecek bir söz, okul hayatı, aile içi anlaşmazlıklar, vize-final stresi...

Ama bazen de olur ki, her şey yolunda görünürken anlamsız bir sıkıntı belirir içini kemiren... Nefes almakta zorlanır, sinen daralır ve sanki birisi ortamdaki bütün oksijeni almış da havasız kalmışsın gibi...

Karanlık gecelerin ruhu sıkan bu hâline dinî terminolojide kabz hâli denilir.

Bediüzzaman'ın kitap yazılacak derinlikteki şu cümlesine bakalım:

> *"Çünkü emn ve ye'sin vartasına (ümitsizlik tehlikesine) düşmemek hikmetiyle havf (korku) ve reca (ümit) muvazenesinde, sabır ve şükürde bulunmak için kabz-bast hâletleri, celal ve cemal tecellisinden intibah ehline gelmesi, ehl-i hakikatçe medar-ı terakki (yükselme sebebi) bir düstur-u meşhurdur."*
>
> *(Kastamonu Lahikası)*

Metinde insanın iki hâletinden bahsediliyor: Kabz ve bast hâli.

Kelime manası olarak kabz, el ile tutmak, bast ise yayma ve açılma anlamına gelir.

Kabz hâline giren bir insan, ruhunun sıkışmasıyla birlikte, konuşma, hareket etme konusunda bir isteksizlik yaşar. Simsiyah bir gözlük takmış gibi neye baksa olumsuz görür.

İstediği her şeye sahip olmak bu hâletten seni kurtarmaz. Bu gibi hâletlere seni sokan Allah'tır. Şunu anlamanı ister:

"Dünya ve içindeki arzularına sahip de olsan, sonsuz için yaratılan kalbini tatmin etmez. Allah istemezse, bir hiçsin."

Bu vaziyette bir insan, bütün sebeplerin sustuğunu ve fayda vermediğini anlayınca Allah'a yönelerek çareyi manevi ilaçlarda bulur. Bu ilaçların en etkilisi de kuşkusuz ellerini bağlayarak kalbini sonsuz raptetmektir.

Rahmettir bu hâlet. Allah, bizi bu hâlete hiç sokmasaydı da, her şey dört dörtlük gitseydi ve gafletle Allah'ı unutsaydık daha mı iyiydi?

İleride alınacak büyük mükâfatlar veya kurtulunacak büyük felaketler için, şimdiki zamanda ufak bedeller ödemek mantığa uygun değil midir?

Biz insanlar genellikle, başımız sıkıştığında Allah'ı hatırlar ve el açarız. Refleks olarak bile ayağın takıldığında "Allah" demeye alışmışsındır hatta.

Hele amansız hastalıklar varsa, Allah'a yakınlaştığın bir dönem yaşarsın. Ne zaman ki, sıhhatini bulsan yakınlık azalır, eski hayatına devam edersin.

O hâlde ara ara bize uğrayan kabz hâleti de bizi uyandırmak ve manevi boşluğumuzu hissetmek için verilen Rahmani bir kamçıdır. İman ettiğimiz o ayeti bize hatırlatır:

"...Kalpler yalnız Allah'ı anmakla huzur bulur."

(Ra'd Suresi 28)

Bu hallere giriftar olan, eğer hayatında beş vakit secde yoksa "Ben nerede yanlış yaptım da Allah bunu verdi?" sorusunun cevabını uzaklarda aramasın. Yanı başındaki ucu ebede açık seccadeye baksın.

Yemek yemeye, suya ihtiyaç duyan maddi bir bedenimiz var. Ancak, maddeden ibaret değiliz, ruhumuz var ki, onun da birtakım ihtiyaçları var. Gıdalanmak ister, günde en az beş defa...

Namaz kılan insanlara da bu hâlet gelir. Sebebi ise manevi olarak bütün insanlar aynı açlıkta değildir. Allah, seni sadece 'kıl beşi, kurtar başı' mantığıyla değil, daha fazla ibadet ve takvayla bir yaşantın olması noktasında irşat ediyor. Şükürle imtihan olduğu gibi sabırla imtihan da vardır. Kabz hâli, sabır imtihanının zamanıdır. Kur'an, salavat ve maneviyatla iştigal ederek bu hâletin geçmesine çabalanır.

Eğer isteksizlik yüzünden bunları da yapasın gelmiyorsa, kendini zorlayarak birkaç dakika dahi olsa okuyarak şunu düşünmelisin:

"Zor, külfetli ve sıkıntılı salih ameller, Allah'ın katında daha makbul ve ihlaslıdır. Allah beni imtihan ediyor. Şu an hiçbir feyiz ve karşılık almadan katıksız bir ihlasla en sevaplı dakikalardayım."

Kul aşk, şevk ve feyiz doluyken ibadet ediyor, ancak feyiz olmayınca kitabın kapağını bile açmıyorsa akıllara şu soru gelmez mi?

"Manevi feyiz, lezzet aldığın için mi ibadet yaptın, Allah'ın rızası için mi?"

Bu gibi hâletler genellikle geceleri çöker. Şeytan için vazgeçilmez bir fırsat olan bu durumda, şeytan hayatınla ilgili kararlar alma konusunda sana sürekli öneriler atar.

Baktığın her şeyi olumsuza yoran bir durumda olduğun için vereceğin kararlar da sağlıksızdır. O hâlde kararlarını bu hâlette alma.

Güzel olan şu ki, kabz hâli genellikle 1-2 günden fazla sürmez. Kafanı vurup yattıktan sonra uyandığın sabahta yepyeni ve tertemiz bir güne başladığını hissedersin.

Eğer bu durumla sıkça karşılaşılıyorsan bunun manası açıktır. Kabz hâliyle, sabır kuvvetini geliştiren Allah, sen daha dayanıklı olduğun için seni bu hâle daha fazla maruz bırakıyor.

Her geçen dakikan, isyan etmemek şartıyla ibadet hükmüne geçiyor. Öyle hastalıklar var ki bir saati bir sene ibadet yapmış gibi sevap bırakıyor.

Unutma ki, insanlığın en sıkıntı çekenleri peygamberlerdi, sonra evliyalar... Buradan da anlaşılıyor ki, dayanıklılığı ve manevi temposu yüksek olan insanlar, daha fazla sıkıntıya maruz kalıyor. Tamam, sen belki evliya değilsin ama fena da sayılmazsın hani! ☺

Bu da zorluk mu senin için?

Ah be hanım kardeşim! Sen acı içinde babet giymek uğruna yara bandı taşımayı göze alansın. Bu imtihan seni yıkabilir mi?

Erkek kardeşim, sen defalarca annenin terlik fırlatmalarından selametle kurtulmuş adamsın. Bu imtihan sana vız gelir! ☺

Şu ayeti hatırına getir ve sabret:

"Allah hiç kimseye gücünün yeteceğinden başka yük yüklemez."

(Bakara Suresi, 286)

Bununla birlikte bast hâlini de yaşarız zaman zaman. Bast ise, kabz hâlinin aksine, ruhun genişlediği, yerlere göklere sığmadığı ve mutluluktan sevgi kelebeği gibi uçmak istediği muhteşem bir hâlettir.

Kalpte tatlı bir heyecanla, için içine sığmaz, koşturmak istersin. Neye baksan olumlu bir perspektif yakalayıp ruhunun genişlediğini fark edersin.

Bu gibi hâletlerde ise, Rabbin senden şükür istiyor. Nimet, ne kadar ziyade olursa, insan o kadar fazla teşekkür etmek ister. Kabzda sabretmek gerektiği gibi bastta da şükürsüz kalmamak esastır.

İkisi de imtihan... Sabredecek misin? Şükredecek misin? Hangi imtihanın sana açılmasını tercih ederdin? Bence seçimi seni senden daha iyi tanıyanın yapması daha mantıklı...

Ya musibet ve sabır imtihanı... Ya nimet ve şükür imtihanı... Ya da ikisi de...

Zahir nazarla bakıldığında, musibet sonrası sabırla imtihana girmek istemiyorsun. Bolluk ve nimetler sonrası şükürle imtihan olunmak istiyorsun.

Kırmızı Ferrari sahibi olup, şükür imtihanına girmek daha mantıklı geliyor, beyaz Şahin'le uğraşa uğraşa sanayideki ustalarla kanka olarak sabırla sınanmak yerine... ☺

Veya akıllı telefonum olsun şükredeyim ama geri zekâlı telefona sabretmek istemiyorum da denilebilir.

Ancak biz yolun sonunu göremeyen bir labirent dünyasının içindeyken, labirenti yukarıdan görebilen birisine itimat etsek daha iyi sanki.

Bütün dünyadaki arzularımızın dört dörtlük ve kusursuz devam ettiğini düşünün. Son model arabamız, evimiz, eşimiz, sorunsuz ailemiz...

Her gün güzel bir haber, yeni bir gelişme ve heyecan... Ve 'yapılacaklar listemizin' keyif dolu yarınlarla dolu olduğu bir hayat...

Acaba bütün bu mutluluklar bize Rabbimizi unutturmasın. Elbette nimete ilk mazhar olduğunda elini yüreğine götürerek gümbür gümbür bir 'Elhamdülillah' diyorsun, ancak alıştığın zaman da bu ahval devam ediyor mu?

Akıllı telefonunu ilk aldığın gün babandan çok Allah'a minnettar olma noktasında bir sıkıntı olacağını sanmam. Ama aradan birkaç ay geçtiğinde sanki şükrünü kaybediyor gibi.

Bediüzzaman, *"Sıhhat ve afiyet gaflet verir"* *(Lem'alar, Yirmi Beşinci Lem'a)* derken bu işin zorluğuna da işaret ediyor.

Ancak genelde olan şu ki, Allah hem şükredeceğimiz hâletleri hem de düşerek sabredeceğimiz hâletleri bizlere gün içerisinde yaşatıyor.

Fakir adam şükretmesin, fakirlikten gebersin ve sabretsin diye bir mantık yok! ☺

O adamın sıcak fırından çıkmış bir ekmekten veya inşaat amelesinin pis bir demlikten demli bir çay içerken aldığı lezzet, varlıklı birisinin jülyen kesilmiş kırmızı Kaliforniya biberli fajitas* üstüne içtiği karamel macchiatodan lezzetli olabiliyor.

(*Fajitas dendiğinde aklına bir şey gelmiyorsa veya 'A4' denildiğinde araba markası yerine kâğıt çeşidi geliyorsa, sen de sabırla imtihanda olan fakirlerdensin demektir! ☺)

Çünkü lezzetler devam ettikçe zamanla ülfet oluyor ve o lezzet kayboluyor. Tıpkı ilk bulaşık makinası ile tanıştığımızdaki mutluluğumuzun şimdi basitleşmesi gibi.

> *"Herşey zıddıyla bilinir. Meselâ, karanlık olmazsa ışık bilinmez, lezzetsiz kalır. Soğuk olmazsa hararet anlaşılmaz, zevksiz kalır. Açlık olmazsa yemek lezzet vermez. Mide harareti olmazsa, su içmesi zevk vermez. İllet olmazsa âfiyet zevksizdir. Maraz olmazsa sıhhat lezzetsizdir."*
>
> *(Lem'alar, Yirmi Beşinci Lem'a)*

İşin özeti şu: Son model Iphone'u olan şükürle, 3310 paslanmaz telefonu olan sabırla imtihanda... ☺

Bizi yoktan yaratarak hayat bahşeden, cansız yapmayan, bitki hayatı tabakasında yaratmayan, hayvan tabakasından da yüksek olarak insan yapan Allah, ne verirse versin, madem O'ndan geliyor, sabırla ve rıza ile karşılıyoruz. Lütfun da hoş, kahrın da hoş...

Hoştur bana Senden gelen,
Ya hilat-ü yahut kefen,
Ya taze gül, yahut diken...
Kahrın da hoş, lütfun da hoş.

Gerek ağlat, gerek güldür,
Gerek yaşat, gerek öldür,
Âşık Yunus Sana kuldur,
Kahrın da hoş, lütfun da hoş.

Yunus Emre

Şükredemeyecek kadar kötü bir yaşamın mı var?

"Belki sen, kendinden sıhhat noktasında aşağı derecelerde bulunan biçare hastalara bakıp şükretmekle mükellefsin. Senin elin kırık ise, kesilmiş ellere bak. Bir gözün yoksa iki gözü de olmayan âmâlara bak, Allah'a şükret. Şekva bir haktan gelir. Senin bir hakkın zayi olmamış ki şekva ediyorsun."

(Lem'alar, Yirmi Beşinci Lem'a)

Bir hakkın varsa mesela, kendine bir laptop aldın. Verdin 3 bin TL'yi ama 2-3 ay sonra üretim hatasından beklenmedik bir arıza yaptı. Üretimden kaynaklı bir hata. Geri götürüp iade etme hakkın var mı, yok mu? "Benim hakkım olan 3 bin liram var" diyerek bir hak iddia edebilirsin.

Yıllardır bu dünyanın üzerindesin, Allah seni yokluktan varlığa çıkarmış, insan mertebesine almış. Yemiş, içmiş ve tüketmişsin durmadan. Peki, bunların hakiki sahibi bizden ücret olarak ne almış?

Gördüğümüz, göreceğimiz hiç ama hiçbir şey bizim değil. Ellerini, parmaklarını, gözlerini, duygularını hangi pazardan aldın? Hiçbir şey sana ait değil, her şey mülkullah.

Sana ait olmadığı için hak iddia etme gibi bir durum, "Niye böyle oldu?" diye itiraz ederek şükürsüzlük göstermek gibi bir durum olamaz. Hakkımız yok! "Mülk sahibi mülkünde istediği gibi tasarruf edebilir."

> *"Belki senin üstünde hak olan çok şükürler var yapmadın. Cenab-ı Hakk'ın hakkını vermeden, haksız bir surette hak istiyorsun gibi şekva ediyorsun. Sen, kendinden yukarı mertebelerdeki sıhhatli olanlara bakıp şekva edemezsin."*
>
> *(Lem'alar, Yirmi Beşinci Lem'a)*

Bir musibet geldi başına içler acısı, kan ağlatan... Feci bir hastalığa yakalandın. Hastanede kaygılı ve üzüntülü bir şekilde, haftalar boyunca yatarken dışarıdaki sağlıklı insanlara bakarak düşünmeye başladın:

"Neden ben? Bütün bunlar neden benim başıma geliyor da dışarıdaki insanlar güle oynaya hayatlarına devam ediyor. Neden onlar gibi sıhhatli değilim?"

İsyana doğru sürüklenen bu şükürsüzlük rahmetin kesilmesine sebep olabiliyor. Hâlbuki hiçbir şeye sahip olmayan insanın sağlık noktasında kendinden daha iyi olanlara bakıp şükürsüzlük etmeye hakkı olabilir mi?

Hiç tanımadığım iki fakir insandan birisine 2 bin TL, diğerine ise 5 bin TL versem. Az alan bana itiraz edebilir mi? Hiç vermeye ihtiyacım yokken, karşımdakilere de hiçbir borcum yokken... İstediğime veririm!

Aynen öyle de, bize hiçbir borcu olmayan Allah, dilediğine 2 bin, dilediğine 5 bin TL verir. Kaldı ki, bu dünyada az verdiğini, sonsuz yaşanacak diyarda dengeleyeceğini vaat ettiği hâlde O'na kim şükürsüzlükle itiraz oklarını gönderebilir?

Başına bir dert geldi. Çok canın sıkıldı, yani en yakın arkadaşın sana kazık attı. Çok üzülüyorsun, ne yapacaksın? Daha kötü musibette olanları düşüneceksin. Topal insanları düşüneceksin... Veya topalsın, ne yapacaksın? Sağır, kör, dünyayı hiç görememiş insanlara bakacaksın.

Evladını vatana şehit olarak verip içi yanan anaya bakacaksın: "Elhamdülillah benim imtihanım çok hafif" diyerek şükredeceksin.

Şükrün formülü: Musibet noktasında kendinden daha kötü durumdakilere, mükâfat noktasında kendinden daha aza sahip insanlara bak!

Birkaç dakika içinde muhteşem bir hayatımız olduğunu fark edeceğiz ve şükür secdesine kapanacağız inşaallah. Başlamadan önce, gözlerimiz kitaptan ayırarak dertlerimizi ve sıkıntılarımızı hatırlayalım 30 saniye ve devam edelim.

"Arkadaşım bana yamuk yaptı."

"Sevgilimden ayrıldım, acı çekiyorum."

"Param yok, millet parayı götürüyor."

"El âlem son model Jeep'inin araç kitine akıllı telefonunu bağlasın Bluetooth'tan, bizim sefaletimize bak. Geri zekâlı telefonlarla, otobüse binecek akbili (bileti, kartı) zor buluyoruz."

"Adamın parasını yaksan, bir haftada ancak yanar. Bizim kibrit alacak paramız yok."

"Arkadaşlarım evlendi, çoluk çocuk sahibi oldu, bize mahallenin çocukları 'teyze', 'amca' demeye başlayacak. Şu hâle bak! Biz daha vize-final haftasında dersler zor gelince evlilik planları yapalım."

İşin şakası bir yana hepimizin dert zannettiğimiz "of puf"ları, şükre açılan kapılarımızı kapatıyor.

Bakalım sıkıntılarımız gerçekten birer sıkıntı mıymış?

savaşın büyüttüğü küçük kız...

Savaşın içinde büyümüş, ağzı yüzü kan olmuş, muhtemelen anasını babasını savaşta kaybederek yalnız kalmış, ne düşündüğünü bile bilmeyecek kadar uyuşmuş görünüyor.

Batıdaki emsalleri eğlence çığlıkları atarken, o sanki oyuncak zannettiği silahlara bakıyor.

Elbette Rabbi ona, ahirette bu sıkıntılara mukabil öyle mükâfatlar ihsan edecek ki, bütün bunları ona unutturacak. Ancak acı çektiği, gözlerinden belli oluyor.

Bu savaştaki yavru, senin yavrun ya da kardeşin de olabilirdi. Ne senin evladın ne de o kendisi seçmedi bu durumda olmayı.

O hâlde yavrun için veya kendi çocukluğun için Rabbine şükret. Aranızdaki fark, bunu gerektirir. O savaş insanları, sabrederek cennete girebilir, sen ise, şükrederek o kapıyı açabilirsin...

Hong Kong'da 10 metrekarelik bir ev...

Sen 130-140 metre kareye sığamıyorsun, hayat sana dar geliyor, "Of sıkıldım" diyorsun.

Bu adam 10 metrekarede hem yiyor hem ihtiyaçlarını karşılıyor. "Of bunaldım. İçime daral geldi. Burada yaşamayacağım artık" diyemiyor.

Böyle de olabilirdin Cenab-ı Hak sana bunu vermedi, nimetini arttırdı senin.

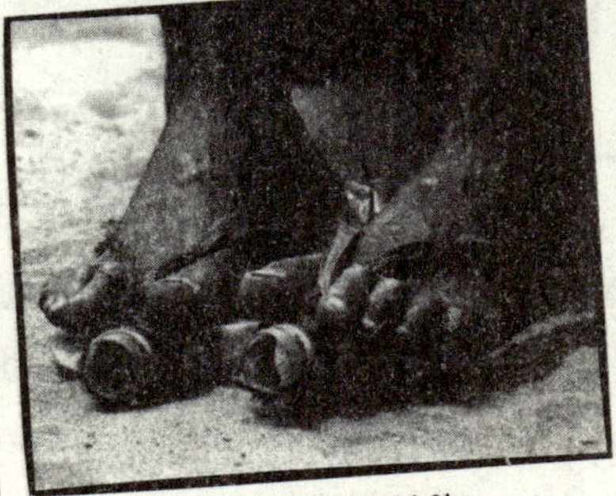

Pet şişeden ayakkabı...

Evet, ayakkabıların da çok eskidi. 5 ayakkabın var ama milletin de 20 tane ayakkabısı var. Değiştirmek istiyorsun ayakkabını, bir türlü baban para vermiyor, çok canın sıkkın.

Babandan nefret ediyorsun. Nasıl senin kalbini kırar, nasıl senin ihtiyacını karşılamaz? Belki de bu adam, ayakkabının ne olduğunu bile bilmiyor. Ayakkabı deyince anladığı şey, yeni bir pet şişe!

Seni mutlu edemeyen ortopedik ayakkabılara mukabil, o yeni bir çift pet şişe ile tebessüm edebiliyor olmalı.

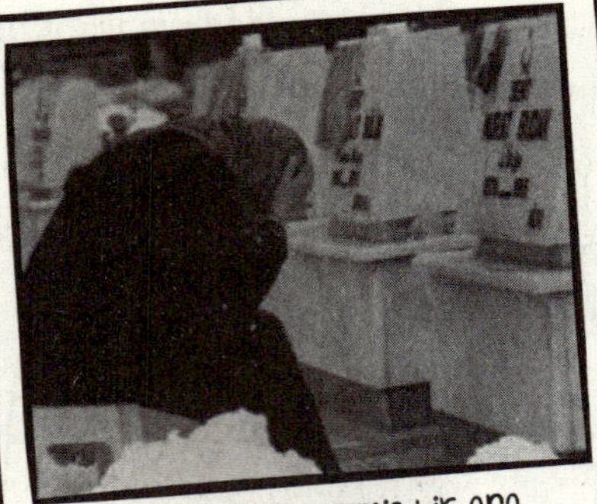

Evladını şehit vermiş bir ana...

Kolları artık boş... Yemek yaparken düşünebileceği o evladı bu dünyada yok ve şiddetli bir yalnızlık hissediyor.

Kardeşim, bu ananın psikolojisinde sen de olabilirdin. Sen de en yakınını kaybedebilirdin. İçi yanan, bağrı yanan sen de olabilirdin ama olmadın.

O hâlde Rabbine ne olur şükret! Senin kendi hayatınla ilgili sıkıntı zannettiği şey sıkıntı mı? Hakkın yoktu ama Allah seni nimetlerine boğdu. Sen hamd nedir bilmiyorsun! Sen şükür nedir bilmiyorsun! Namazla, niyazla haftada bir defa dışında işin olmaz senin.

Hamdolsun Rabbim! Bunlara kıyasla benim sıkıntım, benim problemim dert değil Allah'ım! Sana sonsuz hamdolsun, yüreğimin dolusunca sana hamdolsun...

Kıtlığın mahkumu bir çocuk...

Evet, görüyorsun... Yemekleri beğenmiyor musun? Annen yine patlıcan yapmış. "Bu da yenir mi? Yapacaksan adam gibi bir şey yap. Benim zevklerimi hiç mi bilmiyorsun?" diyorsun.

Senin elinin tersiyle ittiğin yemek, bu çocuğun hayalinde bile yok. Çünkü o yemeği hiç görmemiş ki hayal edebilsin!

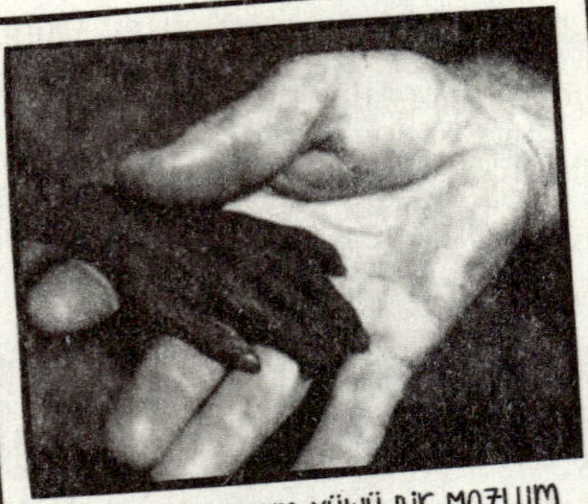

Ellerinde anlam yüklü bir mazlum.

Bak şu sağdaki el sensin. Hatırlatıyorum sana, soldaki el de olabilirdin. Hâlâ şükretmiyor musun?

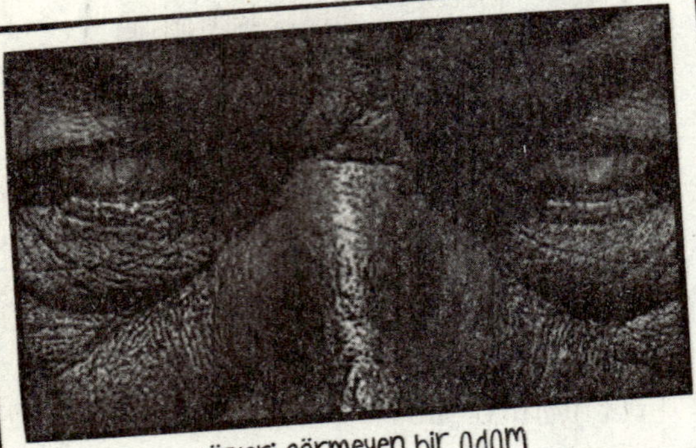

Gözleri görmeyen bir adam...

Dünyayı hiç görmemiş, bulutun ne renk olduğunu bilmiyor, deniz ne renk bilmiyor, en sevdiği 'oğlum' dediği, 'canım' dediği kişilerin neye benzediğini bilmiyor!

İşte bu âmâ adam sen olabilirdin ama olmadın. Rabbin sana göz verdi. Göz ile bütün nimetlerin perdesini açtı.

Dikkat ederseniz, bütün nimetleri gözümüzle görüyoruz. Onunla zevk ediyoruz.

O hâlde "Ben kızdan ayrıldım", "Benim param yok", "Canım çok sıkkın" diye saçma sözleri söyleme!

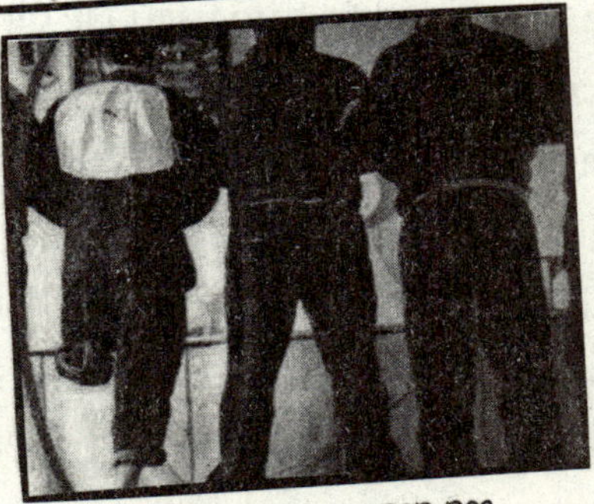

Namaz için bahanen ne?

Cenab-ı Hak bizi bu kadar nimetlere boğmuşken, bu kadar musibetlerden muhafaza etmişken yoksa hâl dilimizle şunları mı söylüyoruz:

"Benim namazla işim olmaz. Neden kılayım ki? Topallar kılsın, işleri ve hayatları sıkıntılı olanlar kılsın. Bana ne!"

Beş vakit secdeye gitmen için ille de Allah'ın sana musibetler yağdırmasını mı bekliyorsun kardeşim! İnan bana bunu istemezsin. İsteme, istetme...

Bırak artık şu aşağılık şeytanın ardı arkasına söylediği mazeretleri. Şeytanın bacağını kır ve ona şunu söyle:

"Dinlemiyorum artık seni. Yıllardır beni ayakta uyuttuğun yeter. Ne dersen de, ne söylersen söyle... Dünya başıma da yıkılsa, ne olursa olsun ben artık beş vakit secdeye gideceğim."

At önüne seccadeyi kardeşim! Ne olursa olsun. Çevren de karşı çıksa, işin ve okulun da mani olmaya çalışsa, vesveseler de konuşsa at sen bugün seccadeyi önüne!

Kaldır ellerini tekbire... Rabbine, "Rabbim ben geldim huzuruna... Yıllarca girdiğim binlerce pislik ve günahlara tövbe ediyor, ellerimin tersiyle onları geriye itiyor, temiz bir başlangıç istiyorum" de. *"Ey Halık-ı Kerimim ve ey Rabb-i Rahimim! Senin Said ismindeki mahlukun ve masnuun ve abdin, hem âsi, hem âciz, hem gafil, hem cahil, hem alil (hasta), hem zelîl, hem müsi' (kötülük eden), hem müsin (yaşlı), hem şakî (eşkiya), hem seyyidinden kaçmış bir köle olduğu halde, kırk sene sonra nedamet edip Senin dergâhına avdet etmek istiyor. Senin rahmetine iltica ediyor. Hadsiz günah ve hatiatlarını itiraf ediyor. Evham ve türlü türlü illetlerle müptelâ olmuş, Sana tazarru ve niyaz eder.*

Eğer kemal-i rahmetinle onu kabul etsen, mağfiret edip rahmet etsen, zaten o Senin şanındır. Çünkü Erhamürrâhimînsin. Eğer kabul etmezsen, Senin kapından başka hangi kapıya gideyim? Hangi kapı var? Senden başka Rab yok ki, dergâhına gidilsin. Senden başka hak mabud yoktur ki, ona iltica edilsin." *(Lem'alar, On Yedinci Lem'a)* cümlelerini söyle. "Allahu ekber" diye öyle bir haykır ki vesveselerin vızıltıları bitsin bundan böyle!

Amazonlardan Pasifik'e Sırlı Bir Yolculuğum

Dünyanın binlerce kilometre uzağındaki hiç ayak basmadığın yerlerindeki 'başkalarının yaşanmışlıkları' neden seni üzüyor hiç düşündün mü?

Pasifik'e açılan bir kumsalda sörf yapmanın coşkusunu hiç tatmadın. Amazon yağmur ormanlarında tefekkür ederken kendinden geçip kaybolmadın.

Amerika'nın kalyon vadilerinde üstü açık bir arabada hızla giderken, ayağa kalkıp avazın çıktığı kadar bağırıp, onun yankısını dinlemedin hiç.

Ford Mustang'in çıkarttığı motor sesinin titreşimini bedeninde hissetmedin.

Hâlâ hiç tatmadığın meyveler ve mutfaklar var. Yüz binlerce tadından bile haberdar olmadığın lezzetler...

Uçmak istemez miydin semalarda tek başına? Denizlerin altındaki muhteşem dünyayı sadece belgesellerden seyrettin.

Tarihi çok sevdin ama o tarihî anlara, savaşlara ve peygamberlerin mücadelelerine gözünle tanıklık etmek isterdin eminim. Hele maceralarla dolu Miraç hadisesine tanıklık etmeyi, gişe rekorları kıran filmleri izlemeye tercih ederdin.

Yoksa senin hiç yaşamadığın ama evliyaullahın yaşadığı 'muhteşem manevi duygular' dünyasını hayal etmeye mi çalışıyorsun?

Merak ettiğin yığınla bilgiye de açsın. Hz. Muhammed'in (a.s.m.) ruhundaki cevheri anlamak, Allah'a ne ile bu kadar samimi yöneldiğini bilmek isterdin.

Eminim, anlayamadığın insanları anlamak isterdin. Kütüphaneler dolusu 'doğru' bilginin hafızana nakşedilmiş olmasını... Kirli bilgilerden ve hayallerden tamamen arınmış olmayı...

Kâinatın perdesini kaldırıp, her şeyin iç yüzünü görerek, Matrix'in matematik şifreleri gibi gözünden akmasını istemez miydin? Her şeyin şifresi, muamması...

Velhasıl, arzular hadsiz. İstemeyi akıl edemediğimiz ve hatırımıza gelmeyen arzuları bile arzuluyoruz. Dünyanın bir köşesinde benim tatmadığım bir lezzet kalmasın bile diyebilirsin.

Emeller nihayetsiz... Ömür çok az... Öyle ise yanı başında duran ve bütün bu kilitleri, muammaları açan özgürlük kapısını çal. Evet, şimdi senin için, secde vakti...

Ne Şeytan Fısıldıyor Namazdan Alıkoymak İçin?

Dinin direği olan ve din binasını ayakta tutan kolonu istemeyen şeytan bize neler söylemiş bir göz gezdirelim. Bazıları gülünç, bazıları ise düşündürücü, kısaca cevaplar verelim:

1 NAMAZA BAŞLADIKTAN SONRA OLUR DA BIRAKIRSAM ÇOK GÜNAH OLMAZ MI?

Şeytanın bile fısıldayarak paylaştıktan sonra acaba bunu silsem mi diyebileceği saçma bir tweettir bu meseleyi bilenler için. Ancak bilmeyen için zorlayıcı oluyor.

2 kere 2'nin 4 olması basit bir bilgidir. Ancak matematikle hiç işi olmamış bir yerel Afrikalıya göre dünyanın en zorlayıcı sorularından birisidir.

Kişinin namazı bırakacağı sadece bir ihtimaldir. Tıpkı şu an Azrail'in (a.s.) gelip canını alacağı gibi bir ihtimal.

Kaldı ki, 40 gün boyunca istikametle namazını kılıp, onun manevi hazzını aldıktan sonra bırakabilenlerin sayısı yok denilecek kadar azdır. Ve İslam'da hiç namaza başlamayan kişinin, bir ara başlayıp bırakandan daha üstün olduğunu söyleyen hiçbir ayet ve hadis yoktur. Namaza başlayıp bırakmak bile aslında bir gayretin ve adım atmanın göstergesi değil midir? Bize düşen bir adım atmak.

"Kulum Bana bir karış yaklaşırsa, Ben ona bir arşın yaklaşırım. O Bana bir arşın yaklaşırsa, Ben ona bir kulaç yaklaşırım. O Bana yürüyerek gelirse, Ben ona koşarak giderim."

(Hadis-i Şerif - Buhari, Tevhid 50)

2 İŞ GÜÇ DERKEN VAKTİM OLMUYOR.

Her şeye vaktimiz var. Vakti verene vaktimiz yok. Hâlbuki ne kadar boş işler için anlamsız vakitler harcadık. Nereye gidiyor bereketsiz zamanın?

24 saatin
6 saat uyku
10 saat iş veya okul
1 saat yemek ve ihtiyaç
Geriye kalan 7 saatimiz nerede?

Her gün saatlerce Rabbimize tazarru ve niyaz etmemiz gerekirken, nerede ahirete intikal etmeyecek boş iş varsa arayıp buluyorsun ve anlamıyorsun. *"İnsanın bu dünyaya gönderilmesinin hikmeti ve gayesi Hâlık-ı Kâinatı tanımak ve O'na iman edip ibadet etmektir."* (Şuâlar, Yedinci Şuâ) Dünyaya bunun için geldik ve gidiyoruz...

Yüzlerce saçma dizi, film ve boş muhabbete vaktimiz olacak da vakti verene, her şeyi borçlu olduğumuza, günde sadece bir saat ayıramayacak mıyız?

3 BAŞIMDA TESETTÜR BİLE YOK. KILSAM NE FAYDA?

İnsanlar içinde ismet sıfatına mazhar olup günahsız olanlar sadece peygamberler olduğuna göre namaz kılanların da günahkâr olabildiği bir dünyada olduğumuzu anlayabiliriz.

Herkese farklı imtihan kâğıtları veriyor Allah... Kimisi paraya karşı hırslı ve zekâtını verip vermemekle imtihana giriyor.

Başka birisi de çok cömert, zekâtla bir imtihanı yok ama gıybet, dedikodu yapmaktan inanılmaz lezzet alıyor. Onun imtihanı dilini tutabilmek iken, başkası da işleri için yalan söylüyor.

Diğer taraftan namaz kılmaktan lezzet alıp "Günde 20 vakit namaz kılarım ama tesettür zor geliyor" diyen kardeşimin imtihanı ise tesettür konusunda.

Bu bağlamda bakacak olursak, neredeyse herkesin imtihanı ve eksiklikleri var. Namazını beş vakit eda edenin günahları yok mu zannediyorsun?

Cennetle müjdelenen 10 kişi olan aşere-i mübeşşereye artı bir kontenjanından dâhil olan bir okuyucum olduğunu zannetmiyorum.

O hâlde şöyle olacak, birtakım salih amellerimiz olacak ve bununla birlikte kurtulmak mücadelesini vereceğimiz günahlarımız da olacak.

Ancak imandan hemen sonra gelen ve en şiddetli bir emir olan namaz ise, olmazsa olmaz olacak hayatımızda. Nefes almak gibi dem ve damarlarımıza kadar yerleşerek ab-ı hayatımızı temizleyecek.

"Battı balık yan gider. Tesettür yoksa her şey boşuna" mantığında bir ayet yok Kur'an-ı Kerim'de. O hâlde İslam'ı komşudan ziyade kitaplardan öğrensen daha iyi olacak gibi görünüyor.

Cenab-ı Hak haşirde, bir kulunun sevap ve günahları ölçüsüne göre ona muamele edeceğine göre, öyle ameller işleyelim ki, vazgeçemediğimiz günahlarımız, yanında kıl kadar kalsın.

Bununla birlikte namazlarını hakkıyla kılan bir kardeşimin ister istemez tesettüre gireceğine inanıyorum zamanla.

4 ÜSTÜM BAŞIM ÇOK KİRLİ OLUYOR.

Üzerimizdeki kirlerin bir kısmı necaset kısmına girer, bir kısmı ise girmez. Necaset sayılan pisliklerden olan kan, idrar ve dışkı bir dirhemden (yaklaşık 3 gram) fazla bulaşmışsa namaz kılınmaz.

Ancak üzerimizde toz gibi kirler necaset teşkil etmez. Şüpheyle bu konuda vesvese yapmak da doğru değildir. (Üzerime su sıçradı. Ya köpek o suya işemişse gibi!) ☺

Tabii ki tertemiz namaz kılmak daha iyidir.

5 ÇOK SIK YELLENİYORUM...

Kolay gelsin. Yellenmeye devam. Allah başka dert vermesin. ☺

6 ÜŞENİYORUM. ZOR GELİYOR. KIL KIL NEREYE KADAR?

Kabre kadar...

7 ÇALIŞMAK DA İBADET DEĞİL Mİ ZATEN? SONRA NAMAZI KAZA YAPARIM.

Yanlış bilinen bir bilgi var toplumda. Evet, çalışmak ibadettir ancak beş vakit namazını kılmak şartıyla. Yani beş vaktini kılan birisi bu ibadetlerin arasında günah olmayan ne varsa ibadet hükmüne geçirir.

Dükkânındaki çalışmaların...

Matematik dersinde sinüs kosinüs... Ne varsa... Evet, edebiyat dersinde uyuman bile! ☺

8 BEN İNSANLARA FAYDALI BİRİYİM. HEM BENİM KALBİM TEMİZ. ANNEANNEM HAFIZ... KARDEŞİM HACI... KAYINÇOMUN DEDESİNİN YEĞENİ 2 PUANLA KÂBE İMAMLIĞINI KAÇIRDI...

Türkiye'de yaşarken yemekhane sırasına kaynama mantığını veya tanıdığın birisi vesilesiyle işini hallettirme mantığını ahirette bulmayı bekleme kardeşim. Orada bacın hacı diye sana kıyak geçmeyecekler. Sen kendi hesabını vereceksin.

9 ALLAH AFFEDER NASILSA!

Birisinin senden borç aldığını ve aslında ödemek niyetiyle değil de seni kerizlemek niyetiyle aldığını düşün. Sen de bu niyetini öğrensen ve ülkenin bütün gücü elinde olsa... Enayi yerine koyulmak hoşuna gider miydi?

Allah nasıl olsa affeder diyerek, O'nun emir ve yasaklarını takmamak, umursamadan serbestçe günahlara devam etmekle ne demek istiyorsun? Kalpten geçen en gizli hatıratı bile duyan, sonsuz güç sahibi Allah, senin "Allah nasıl olsa affeder, farzları yapmasam da olur" niyetini de duyuyor. Belki de durup düşünülmesi gereken soru şu: "Ben kimi enayi yerine koymaya çalışıyorum?"

Allah bu niyetten memnun olur mu?

"Ey insanlar! Haberiniz olsun ki, Allah'ın vaadi muhakkak haktır. Sakın bu dünya hayatı sizi aldatmasın, sakın o aldatıcı şeytan sizi, Allah hakkında da aldatmasın."

(Fâtır Suresi, 5)

10 KÜÇÜKKEN HOCA BENİ CAMİDEN KOVUNCA CAMİDEN SOĞUDUM.

Bazıları için "Bu kadar da olur mu?" denilen mazeretler birtakım insanlarca gerçekten inanılarak kabul edilebiliyor. Aslında, camiden kovulmayla, namaz kılmamanın arasında bir bağlantı yok.

Biz yıllarca ne azarlar işittiğimiz yerlerden vazgeçmemişiz, hele bir menfaatimiz varsa... En basitinden, ergenlik çağında bir çocuk gittiği internet kafede "Masa 7'ye 30 kuruşluk açsana abi" demesiyle kafe sahibinin hışmına uğraması vakidir. Bu azar işiten çocuk 'char'ını kasmayı bırakıp bir daha oyun dünyasına küser mi? En fazla internet kafe değiştirir ama level kasmaya devam eder.

Ey manevi level kasarken camiden azar işiten genç! ☺ O hoca, senin dininin Peygamberi değil. Senin Peygamberin Hz. Muhammed (a.s.m.). Başka camiler de oraya bağlı. ☺

Sorun kovulmak değil. Sorun nefsin hoşuna gitmeyen namazdan kurtulmak için bir kılıf, bir mazeret bulmak. Ne demişler? Minareyi çalan, kılıfını uydurur.

11 HAYATIMDA GÜNAHLAR VAR. BEN BAŞLARSAM NAMAZA TAM BAŞLARIM. HEM GÜNAHLARA DEVAM HEM NAMAZA OLMAZ. AYRICA BENİM GEÇMİŞİM ÇOK KİRLİ ALLAH BENİ AFFEDER Mİ?

Ebu Hüreyre'den (r.a.) rivayet edildiğine göre, Resulullah'ı (a.s.m.) şöyle buyururken işittiğini söyledi:

"Ne dersiniz? Birinizin kapısının önünde bir nehir olsa da, o kimse her gün bu nehirde beş defa yıkansa, kirinden bir şey kalır mı?" Sahabiler: *"O kimsenin kirinden hiçbir şey kalmaz" dediler.*

Resul-i Ekrem:

> *"Beş vakit namaz işte bunun gibidir. Allah beş vakit namazla günahları silip yok eder" buyurdular.*
>
> *(Hadis-i Şerif - Buharî, Mevakit 6)*

İnsanlık içinde ismet sıfatına sahip, günahsız insanlar sadece peygamberlerdir. Bu açıdan bakacak olursak, şu an elinde kitabı tutan sen de bir günahkârsın. Bu yazıyı yazan ben de... Bazen düşersin hata yaparak, bazen ise ayağa kalkar tekbir alır, tövbe ederek yoluna devam edersin.

Şu an beş vakit namazını eda edenler günahsız insanlar mı sanki? Günahlara artık girmeyeceğin bir dönemi bekliyorsan, bu ancak ölümden sonra olacak. Senin ise buna ölmeden önce ihtiyacın var!

Namaza başlamak için önce biraz düzelmeni beklemek yerinde, namaza başlayarak arızaları ve ağrıları secde ile onarmak daha mantıklı değil mi?

> *"Sana vahyedilen Kitabı oku ve namazı kıl. Muhakkak ki namaz hayâsızlıktan ve kötülükten alıkoyar. Allah'ı anmak elbette en büyük ibadettir. Allah yaptıklarınızı bilir."*
>
> *(Ankebut Suresi, 45)*

12 RAHATSIZLIĞIM VAR. HASTALIKLAR...

İlginç bir diyalog: ☺

- Abi namaz kılmıyor musun artık?

- Bel fıtığı var bende. Eğilip kalkamıyorum...

- Abi oturarak da kılabilirsin.

- Basur var bende. Oturamıyorum.

- O zaman bi' çay koy sen!

- ?!

Sen yeter ki kılmak iste. İslam kolaylık dinidir. Oturarak, hatta zaruret varsa hayalinle (imayla) bile kılabilirsin.

13 ARKADAŞLARIM NE DER? DALGA GEÇERLER VEYA RİYA OLMAZ MI? HEM AİLEM DE DURUMA KARŞI...

Arkadaş ortamı maneviyata uzak olması gibi durumlarda Müslüman kimliğini söylemekten çekinme durumlarının olduğunu biliyorum. Eski günahlarına şahit olan ve senden namazı hiç beklemeyen insanlar ne der acaba?

Öncelikle şunu söylemeliyim ki, biz Müslümanlar kendimizi ve kimliğimizi insanlardan saklayan gizli ajanlar değiliz! İbadetlerini gören arkadaşlarının senden etkilenip, "Ya bu bile değiştiyse ben niye hâlâ hıyarlık yapıyorum" gibi bir düşünceyle hayatını değiştirmesi de olasıdır.

Özellikle de karşına alıp sonsuz hayatın güzelliklerini, dünyanın fâniliğini ve ölümün soğukluğunu anlatırsan en sevdiklerini, en büyük hediyeye davet etmiş olmaz mısın? Sonsuz dostluk...

Sen kimin ne diyeceğini boş ver. Kimse seni sırattan geçirip, ölü bedenine can vererek sonsuzluğa kapı açamaz. Sadece O... Allah...

Öyle ise her şeyin gücü, anahtarı elinde olana yönel ki, sana kapalı sandığın kapıları açsın.

"Amelinizde rıza-yı ilahî olmalı. Eğer O razı olsa, bütün dünya küsse ehemmiyeti yok. Eğer O kabul etse, bütün halk reddetse tesiri yok. O razı olduktan ve kabul ettikten sonra, isterse ve hikmeti iktiza ederse, sizler istemek talebinde olmadığınız hâlde, halklara da kabul ettirir, onları da razı eder."

(Lem'alar, Yirmi Birinci Lem'a)

'El âlem ne der' değil kardeşim, el-Alîm ne der?

Riya meselesinde ise şu bakış açısıyla bakmalıyız. Namaz kılmak, şartlar ne olursa olsun senin üzerine farz ve mecburi. Borcumuzu ödüyoruz Rabbimize. Borcumuzu öderken nasıl havaya girmiyorsak, namaz borcunu öderken de bunun gurur ve riya yapılacak bir ekstra durum olmadığını hatırla.

Ekstra sevap point kasmıyorsun. Zaten yapman gereken ibadeti ifa ediyorsun!

14 DİNDARLARIN HAYATI SIKICI GİBİ. YAŞIM BİRAZ DAHA İLERLESİN BAŞLARIM BİR GÜN.

Şeytanın top 10 vesveselerinden birisi olan İslami yaşantının sıkıcı olduğunu göstermek son zamanlarda popülaritesi artan bir vesvese. Twitter'dan beni takip eden 110.000 kardeşime bu soruyu tweet atarak gönderdim. Cevaplardan birkaç tanesini buraya alıyorum. Bak senin gibi gençler ne cevap verdi?

@FatihYagciResmi
İslamî yaşantının can sıkıcı olduğunu zannedene ne derdiniz?

"Sonsuz cennete değer derdim. Ayrıca helal daire içerisinde de gayet güzel bir hayat sürdürülebileceğini anlatırdım."

Onur Hızan

"Cevizi kırıp içine inemeyen, hepsini kabuk zanneder abi..."

Hakan Aktaş

"Öbür tarafa odun da lazım, sen de haklısın kardeş derdim." ☺

Gülefşan Hafız

"Helal daire keyfe kafidir, günaha girmeye hiç lüzum yoktur" ☺

Enise

"Pazardaki zeytinciler gibi gel tadına bak birader beğenmezsen para almıcam." ☺

Ömer Öztürk

"Haramda huzur ararsan, huzur sana haram olur kardeş..."

Refika Nur

Başlamayı ertelemek nefis için nefis bir şey. Şeytanın fav ve retweet yapmayı sevdiği sıralama ise şu şekilde:

"Ergenliğe gir de başlarsın, daha çocuksun. Ne gerek var?"

"Okul bitsin, yazın çeker bir besmele başlarsın."

"Şimdi başlarsam askerde bırakmayayım. Vatan vazifem bitsin bir hele. Güzel bir işe girer başlarım namaza."

"İş yoğunluğundan nefes alamıyorum. Hayatımda düzen yok. Evlilik şart."

İş yoğunluğu, evlilik, ev geçimi ve çocuk eğitimi derken yaş 60 oldu. Ölüm yaklaştı. Bıçak kemiğe dayandı. Hastalıklar etrafı kuşattı. Ve şeytan usulca fısıldadı:

"Bu yaşına kadar yemediğin halt kalmadı, 60 sene gaflette yaşadın. Şimdi bir tövbe ile affedileceğini mi zannediyorsun?"

Allah dilerse affeder elbette. Ama affedeceğine güvenerek "Bir gün tövbe ederim" düşüncesiyle hareket edince, O Rahmeti ittiham etmek manası çıkmaz mı?

Kime kafa tuttuğuna dikkat etmeli insan. Kâinatın yaratıcısı ve idarecisi olan sonsuz kudret sahibi Zât'a isyan edilmez, edilmemeli...

15 ANNEM SABAH NAMAZINA KALDIRMIYOR?

Ah o anneler yok mu! Okula kaldırmaktaki gayret ve terliği sabah namazına kaldırırken sarf etseydi, bu ülkede çok evliya yetişirdi. ☺

Peki, sen onu sabah namazına kaldırmaya ne dersin? Namaz senin üzerine de farz ya...

Zaman zaman sabah namazına kalkmakla

ilgili çalışmalar yaparken, gecelerin yargıcı olup sabah namazını kılıp yatanlardan da birtakım sohbet teklifleri gelebiliyor. "Fatih abi, sabah değil de, öğlen namazına kalkmakla ilgili bir sohbet istiyoruz" gibi! ☺

Kalkmak için bazı pratik yöntemler yok değil aslında. "Çok istememe rağmen bir türlü kalkamıyorum" diyen kardeşime ufak bir tavsiye: Yatmadan hemen önce 1,5 litre su içerek yatmaya ne dersin? ☺

Kalkışlar biraz hızlı olabiliyor. Hatta teheccüde bile kalkılabilir. Bununla beraber bu taktikle ilgili mesuliyet kabul etmiyorum.

Gerçekten isteyen günde dört vakit namazdan, beş vakit namaza çıkabilir. Okula, işe sabah kalkma konusunda başarılı olup, namaza kalkma konusunda sıkıntı yaşayan kişiye sormazlar mı?

"Dünyanın akıbeti meçhul bir menfaati için gözlerini bu saatte açtın da, Rabbin seni huzuruna çağırdığında neden yatağından fırlamıyorsun?

Üç kuruş para veya iki matematik dersi kadar değer vermiyor musun seni yaratana ki, huzurunda olman gerekirken uyuyorsun.

İşe geç kaldığında özür dileyip ertesi gün çok dikkat ederken, Allah için samimi bir özür ve dikkat neden olmuyor?"

Dünya seni aldatmasın kardeşim. Sonsuz var...

> *Allah kimseyi yatsı namazını geciktirip ağırlaştırarak, Twitter'da boş boş gezecek kadar gafil eylemesin.* ☺

> *Ateistler, Ramazan ayında oruç sonrası içilen sıcak bir çayın lezzetini hiç bilemeyecek. Hele de iftara yakın ellerini huzura açmak...*

> *Müslüman olarak doğdum, Müslüman olarak yaşayacağım, Müslüman olarak öleceğim inşaallah...*

3. Bölüm

Huzur ve Huşu Dolu Bir Namaz

Daha Önce Böyle Bir Namaz Kıldın mı Hiç?

Belki de beş vakit namazında bir arkadaşsın. Peki, bu kadar çok namaz kılıyor, ibadet ediyorsun ama acaba namazın manası ne? Bunu biliyor musun?

Yani sorsam sana, "Namazın manası nedir?" diye. Namaz sadece yatıp kalkmak ve elini kaldırıp indirmek midir?

Eğer bu sorunun içini dolduracak kelimeler çıkmıyorsa, kıldığın namaz belki yine de Allah'ın kabul ettiği bir namazdır. Ama... Tahkiki manada bir namaz değildir. Taklidi bir namaz kılıyorsundur.

Namaz kılarken ne yapıyorsun? Taklit ediyor, yatıyor, kalkıyor ve Allahu ekber diyorsun.

İşte bunun içini doldurmak ve tahkiki imanla bir namaz kılmaktan bahsediyorum.

Bir Peygamber âşığı olan Bediüzzaman Said Nursî Hazretlerinin, namazı nasıl kıldığını inceledim ve onun etrafındaki talebelerden, onun namazını tarif ederken nasıl tüyler ürpertici kelimelerle anlattığını öğrendim.

Bir talebesi anlatıyor ve diyor ki:

"Üstad Hazretleri imamlığa geçtiğinde biz arkasında cemaat olurken korkardık, ürperirdik ve heyecanlanırdık."

Nasıl bir şey bu ya?

Başka talebesi de diyor ki:

"Üstad Hazretleri namaza başlarken dakikalarca konsantre olurdu. 'İlahi Ya Rab... İlahi Ya Rab... İlahi Ya Rab...' diyerek."

İşte, Bediüzzaman Hazretleri namazı manasıyla kılıyor. Yani sadece söyleyerek, ağzından kelimeler çıkarak değil!

Namazda ne yapması gerektiğini, ne hissetmesi gerektiğini bütün derinlikleriyle biliyor. Bunu okurken sakın "Ama o Bediüzzaman" deme... Bizim de bundan alacağımız şeyler var.

Mesela Bediüzzaman'ın Rus komutan Nikola Nikolaviç ile olan konuşmasını bir düşün.

Rusya'da esir düşüyor ve Nikola Nikolaviç ile aralarında bir gerginlik oluyor. O geldiği zaman Bediüzzaman ayağa kalkmıyor ve:

"Ben bir Müslüman âlimiyim. İmanlı bir kimse, Cenab-ı Hakkı tanımayan bir adamdan üstündür. Binaenaleyh, ben sana kıyam etmem (ayağa kalkmam)" diyor.

(Bediüzzaman Said Nursî Tarihçe-i Hayatı)

Neticesinin ne olacağı belli değil mi? İdam... Kurşuna dizilecek...

Düşün yani 5 dakika sonra seni kurşuna dizecekler. Bu psikolojideki bir insanı düşün.

Ve Bediüzzaman'a soruluyor:

"Son bir isteğin var mı?"

"2 rekât namaz kılmak istiyorum" diyor.

2 rekât namaza başlıyor. Ama namaz kılışında, zerre kadar bir korkaklık, zerre kadar bir titreme yok. Sükûnet ve sessizlik içinde, huşu ile normal namaz kıldığı gibi bir namaz kılıyor.

Bir düşünsene, idam olunacaksın, 3 dakikan var ve namaz kılıyorsun. Sübhaneke'yi bile okuyamazsın!

Öyle değil mi kardeşim?

Demek ki namaza Allahu ekber diyerek başladığı zaman orada değil! Yani artık, başka âlemlere gidiyor. Başka manaları düşünüyor.

Etrafında onu idam edecek askerler gelmiş, ellerinde silahlar bekliyorlar umurunda mı? Orada değil ki, Rabbiyle görüşüyor.

"Namaz mü'minin miracı"ydı. *(Razî, et-Tefsîru'l-Kebîr, 1:226)* O da Allah ile görüşüyor!

Belki bu kadar olamazsın ama... Bundan da ne kadar uzak olduğunu görebiliyor musun?

Bir insanın sevdiği birinin huzuruna çıkması, onunla buluşması ne kadar güzel ve heyecanlıdır değil mi? Çok sevdiğimiz can dostumuzla 10 dakika sonra buluşacağımızı ve hasret gidereceğimizi düşünsek, heyecanlanır ve seviniriz değil mi?

Peki, biraz sonra namaz vakti girecek olsa... Kalbimizde böyle bir heyecan, Rabbimizle görüşeceğimiz için, O'nun huzuruna durup secdeye yapacağımız için bir sevinç oluşuyor mu?

O'na derdini, sıkıntını, dualarını anlatacaksın diye bir heyecan, bir kıpırtı oluyor mu?

Yoksa ezanını duyduğun zaman böyle bir üzüntü hâeti, sanki acı bir haber almış gibi mi oluyorsun? Bir inilti mi çıkıyor ağzından "İşte vakit girdi yine namaz kılacağım" diye.

Eğer böyle oluyorsan, namazın manasını anlamadığının bir delilidir bu.

"Namazın manası Cenab-ı Hakk'ı tesbih (Sübhanallah), tazim (Allahu Ekber) ve şükürdür (Elhamdülillah)."
"Tesbih, tekbir ve hamd namazın çekirdekleri hükmündedir."

(Sözler, Dokuzuncu Söz)

Sübhanallah, namazın çekirdeğinin birincisidir. Manası da çok geniştir. Ancak kısaca iki manada açıklayabiliriz. Birincisi; "Ey Rabbim, Sen her türlü kusurdan, eksiklikten münezzehsin. Sen aldatmaktan münezzehsin.

Allah'ım Sen zulmetmekten münezzehsin. İhtiyaçtan münezzehsin. Ehl-i dalâletin Senin hakkında söylediği yanlış sözlerin hepsinden münezzehsin ve temizsin Allah'ım" demektir.

Sübhanallah'ın ikinci manası ise; Allah'ın sanat eserlerini görünce hayret içine düşüp bu güzellik karşısında "Sübhanallah" diyerek hayretini dindirmektir.

Mesela, yağmurlu bir günde çatıya çıkıp yağmuru izlediğini düşün. Bakıyorsun yağmura, Rabbinin o müthiş sanat eserlerini, her damlayı bir meleğin indirdiğini düşünüyorsun. Ve bir anda bir şimşek çakıyor! Bir flaş patlıyor her taraf bembeyaz oluyor. "Hayret ediyorum bu nasıl bir güç?" diyorsun ve o hayretini susturmak için kullanacağın en yerinde kelime Sübhanallah oluyor.

Yavru bir kedi düşünün. Gözleri renkli, minik patileri olan çok sevimli bir kedi... İşte o kediye bakıyorsun ve diyorsun ki, "Sübhanallah, Rabbim ne kadar güzel yaratmışsın!"

Namazın ikinci manası olan Allahu ekber ise, bildiğimiz en büyük şeylerden, korktuğumuz en büyüklerden daha büyük var demektir. Allah en büyüktür!

Hem, kemâline karşı, Allah'ın o mükemmel icraatına, eserlerine karşı, lâfzen ve amelen Allahu ekber, Allah en büyüktür, deyip tazim etmek.

Bu büyüklüğü cismani büyüklük olarak indirgeme kafanda. Birçok vasıfça, en büyüktür Allah.

Allah'ın sana sunmuş olduğu bütün nimetlerini, lütuflarını, ikramlarını düşünüp bunlara karşı "Elhamdülillah" demek de namazın manalarındandır.

Yani namaz, cemaline karşı, Allah'ın lütufları, ihsanları, nimetlerine karşı, kalben ve lisanen ve bedenen Elhamdülillah deyip şükretmektir.

Kendinize bir soru sorun. "Ben fakir bir insan mıyım?" diye.

Fakir ne demek? İhtiyacı olan demek değil mi? Bizim de o kadar çok ihtiyacımız var ki...

Peki, ihtiyacın olan şeyleri şöyle bir düşünmeye çalış. Nefes almaya, oksijeni çekip karbondioksiti vermeye ihtiyacın var.

Dağlardaki ağaçların karbondioksiti çekip oksijeni vermesine ihtiyacın var. Hava atomlarına ihtiyacın var. Sesini karşı tarafa aktarabilmen için bu atomların mükemmel bir şekilde çalışmasına ihtiyacın var.

Şu an üzerinde durduğun dünya kendi ekseni etrafında 1.670 kilometre hızda dönüyor. Aynı anda da güneşin etrafında 108.000 kilometre hızla dönüyor.

Bu hızlı hareket devam ederken, yürüyebilmek için bir yerçekimine ihtiyacın var. Daha bunlar gibi binlerce kanun durmaz bir saat gibi işlemeye devam etmeli. Ve bütün bunların muntazaman olmasına ve şaşmamasına ihtiyacın var.

Aynı zamanda da acizsin. Çok kuvvetli görünebilir, 7 sene vücut geliştirmiş de olabilirsin. Ama bir mikrop karşısında acizsin işte!

Acizliğini ve fakirliğini anlayıp, "Allah'ım ben nihayetsiz fakirim, çok ihtiyacım var her şeye... Sen sonsuz zenginsin. Sana yöneliyorum Allah'ım. Ben nihayetsiz acizim, güçsüzüm... Sen sonsuz güç sahibisin Allah'ım" demelisin.

> *"İbadetin manası şudur ki: Dergâh-ı ilahîde abd, kendi kusurunu ve acz ve fakrını görüp, kemâl-i rububiyetin ve kudret-i samedaniyenin ve rahmet-i ilahiyenin önünde hayret ve muhabbetle secde etmektir."*
>
> *(Sözler, Dokuzuncu Söz)*

Abd, kendi kusurunu ve acz ve fakrını görüp, kemâl-i Rubûbiyetin ve kudret-i Samedâniyenin ve rahmet-i İlâhiyenin önünde hayret ve muhabbetle secde etmektir.

Hadi bir talim yap ve hayalinde namaza dur. Namazın manasını idrak eden biri olarak dergah-ı ilahiyeye yönel. Ellerini kaldır ve bütün dünyayı elinin tersiyle geri iterek Allahu ekber "Allah en büyüktür" diye tekbir al.

Sübhaneke'yi oku ve "Allah bütün kusurlardan, eksiklikten münezzehtir" de. Fatiha ve zamm-ı sureyi okuduktan sonra rükûya eğil ve ayağa kalk. Şimdi ayaktasın ve secdeye gideceksin. Heyecanlı bir bekleyişin var. Çünkü Peygamberimiz Efendimiz (a.s.m.), *"Kulun Rabbine en yakın olduğu hal secde halidir" (Hadis-i Şerif - Müslim, Salat 21)* diyor.

Secde ediyorsun çünkü, Allah seni huzuruna kabul ediyor. O'na secde edebileceğin o birkaç saniyelik anı hayretle ve muhabbetle (sevgi) bekliyorsun.

Neden hayret ediyorsun?

Çünkü Cenab-ı Hak, şu anda bütün uzay sistemlerini, 200 milyardan çok daha fazla olan galaksileri ve içindeki kum gibi sayısız yıldızları aynı anda idare ediyor.

Bütün bu gezegenleri çevirirken, aynı anda denizlerin kilometrelerce dibindeki balığın vücut fonksiyonlarını da idare ediyor. Onları kudretiyle tecelli ederken, aynı anda rızıklarını da gönderiyor.

Kuşların vücut fonksiyonlarını aynı anda idare ederken, bitkilerin de idaresini yapıyor. Bütün hayvanları idare ederken, insanları da unutmuyor ve onları da idare ediyor. Hatta bu saatte kitap okuyan birisinin kalbinden geçen manaları da işitmekten aciz değil.

Böyle bir güce, böyle bir kudrete karşı hayret edilmez mi?

"Rabbim, bu nasıl bir güç!" de. Kalbini Allah'a olan sevgiyle doldurup secdeye git. Sonra Rabbine dualarını, isteklerini takdim et.

Namazını kılarken aczini ve fakrını hiçbir zaman unutma. Allah'ın o sanat eserlerine karşı kendinden geçip hayretle ve sevgiyle O'na yönelip secde et. Sübhanallah, Elhamdülillah ve Allahu Ekberi düşün...

Hayat böyledir dostum...

Bazen tadından yenmez.

Bazen ise sadece kusup rahatlamak istersin içindeki bulantıyı...

Unutuyorsun!

Kimse sana mükemmeli vaat etmedi. Akıbetini vaat etti Yaradan.

Yollar dikenli ve ayağın çıplak, güneşin doğduğu yere doğru ilerlerken...

Havayı kirleten kokular, nefesini boğan havasız yerler geçeceksin.

Ruhunun sıkıştığı bunalımlar da gelir.

Ancak hiçbir fırtına yok ki, ardından güneş açmasın.

Fırtınanın şiddeti geçene dek, sığın seccadeye ve sımsıkı tutun.

Düşün ki, bütün bu haşmetli ve celalli tecelli, azamet ve kudret sahibi, kâinatı aynı anda kudretiyle idare eden, yaratılmışların mutlak hâkimi olan Rabbü'l-Âlemin'in sessizce bir konuşmasıdır.

Böyle azametli bir Zât'a karşı isyan edilmez ve edilmemeli.

SMS paketini bitiremediğin için vicdan azabı çekip sağa-sola güzel söz yollayan kardeşim! Ömür dakika paketin de bitiyor, iyi kullan!

Birine vereceğin en büyük hediye ayırdığın zamandır. Hiçbir zaman geri gelmeyecek hayatının bir kısmını veriyorsun. Öyleyse herkese verme.

Yarın güneş doğarken senin üzerine doğmayabilir. Öyle ise bugün tövbe et. Öldükten sonra tövbe edilmiyor.

4. Bölüm

Ebedi Hayatların Cankurtaranı Olmak

Sen Gerçekten Allah'ı Sevdiğini mi Düşünüyorsun?

Platonik aşkların en çok merak edilen sorusudur: "Benim onu sevdiğim gibi, o da beni seviyor mu?" Şimdi bir sevgiden bahsedeceğim ama bu, Emre'nin, Mustafa'nın, Zeynep'in veya Merve'nin sevgisi değil! Bu, âlemlerin Rabbi olan Allah'ın sevgisi...

Düşün, Allah tarafından sevilmenin nasıl bir şey olduğunu?

Bütün kâinatı yaratan; uzaydan, gezegenlerden tutun da, semada uçuşan varlıklara kadar idare eden; yeryüzündeki bitkilerden, çiçeklerden tutun da, insanların vücut sistemlerini aynı anda idare eden ve senin aklından geçen en ufak bir şeyi bile duyan bir Yaratıcı tarafından sevilmek acaba aşkların, sevgilerin en büyüğü değil mi?

İstemez miydin? Allah senden razı olmuş, Allah seni seviyor...

Peki, Allah'ın seni sevip sevmediğini anlamanın bir yolu var mı? İşte, Al-i İmran Suresi 31. ayette bu tarif ediliyor ve Rabbimiz buyuruyor ki:

"Ey Resulüm de ki: Eğer Allah'a sevginiz varsa, bana (Resule) uyunuz. Ta ki Allah da sizi sevsin..."

Demek ki, Allah'ın seni sevmesinin yolu Resulullah'a (a.s.m.) uymakmış. Peki, ona uymak ne demektir? Elbette onun sünnet-i seniyyesini uygulamak demektir.

Sünnet-i seniyye, Resulullah (a.s.m.) gibi hareket etmek ve onun söylediklerini yapmaktır.

Uyurken sağına dönerek uyumak, suyu üç yudumda içmek gibi davranışlarını taklit etmek, onun ahlakıyla ahlaklanmak ve onun en büyük sünnetlerinden birisi olan i'la-yı kelimetullah -Allah'ın anlatmak- gibi hâl, hareket ve davranışlarla ona benzemeye çalışmak sünnet-i seniyyeye uymaktır.

Peki, kendine bir sor, acaba sünnet-i seniyyeye uyuyor musun ki Allah da seni sevsin? Resulullah'ın (a.s.m.) sünnetlerini uygulayabiliyor musun?

Allah'ın sevgisini kazanmak isteyenin, yapacağı şey Resulullah'ı (a.s.m.) takip etmek.

Peki, başka bir soru daha sor kendine kardeşim: "Acaba ben Allah'ı seviyor muyum?"

Belki de bu soruyu garip karşıladın ve dedin ki: "Elbette seviyorum."

Ayete göre, Allah'a sevgin var ise, Resulullah'a (a.s.m.) da uyman gerekir. Bediüzzaman bu ayeti yorumlarken der ki:

> *"Eğer Allah'a muhabbetiniz (sevgi) varsa, Habibullaha ittiba edilecek (uyulacak). İttiba edilmezse, netice veriyor ki, Allah'a muhabbetiniz yoktur."*
>
> *(Lem'alar, On Birinci Lem'a)*

Yani Resulullah'a (a.s.m.) uymuyorsan bu Allah'a sevgin yok anlamına gelir ve hâl diliyle, "Ben Allah'ı sevmiyorum" demektir.

Biraz kendine çeki düzen verip, "Acaba ben Allah'ı sevmiyor muyum?" diye kendini sorgulama zamanın gelmedi mi?

Dünyada belki birine âşık olmuşsundur. Dünyevi bir aşkla kendisinden geçmiş, bulutların üzerinde geziyormuşsun gibi hissetmişsindir...

Hele de tek taraflıysa aşkın, sevgine karşılık görmek için seksen tane takla atmış, onu razı etmek için doğum gününü unutmamış, hediyeler almışsındır, yeter ki aşkına karşılık versin diye.

Dünyevi ve geçici bir aşk için bu kadar kendinden geçerken, Âlemlerin Rabbi olan Allah'a âşık olmak, O'nun sevgisiyle, O'nun aşkıyla kendinden geçmek acaba nasıl bir duygu?

Allah ve Resulullah'ın (a.s.m.) sevgisini kazanmak için neden namaz gibi kolay ama şiddetli bir emri uygulamıyorsun? Yoksa o kızı veya çocuğu sevdiğin kadar Allah'ı sevmedin mi ki, O'nun emir ve yasaklarına dikkat etmiyorsun?

İnsanlar sana baktığı zaman Resulullah'ı (a.s.m.) hatırlamalı. Onlara Allah'ı hatırlatmalısın. Acaba insanlar sana baktığı zaman neyi hatırlıyorlar? Ve bundan sonraki hayatında neyi hatırlayacaklar? (İnşaallah)

Yeni bir başlangıç yaparak seccadeyi önüne atıp, bütün dünyayı elinin tersiyle geriye iterek Allahu ekber demek ve Allah'a yönelmek; "Aynı Resulullah gibi yürüyor", "Resulullah gibi hareket ediyor" denilen ve görüldüğünde İslam'ı hatırlatan insanlardan olmak istemez misin?

Sonsuzluğa kanat açıp, gökyüzündeki kuşlar gibi bundan sonraki hayatında sonsuza dek özgür olmaya ne dersin?

Sonsuz Bir GAYE Uğrunda Yaşamak

Gün doğuyor ve batıyor. Zaman süratle ilerliyor. Akrep ve yelkovanı durduracak bir icat yapılmadı. Yapmak isteyenler de zamana yenilip toprak altına girdi.

Geçen zamanı düşünüp de geriye dönüp baktığımızda bir gün bile değil gibi. Tıpkı 60 yaşına gelenlerin, geçen ömürlerini tarif ederken "Hiçbir şey anlamadım 60 yıldan. Çok ama çok hızlıydı" demeleri gibi.

Güzel bir söz var:

"Allah'ın sana ne kadar değer verdiğini merak ediyorsan, seni neyle meşgul ettiğine bak."

Kendine bu soruyu sorduğunda, sonsuza bakanların dışında ne kadar seni ayağından aşağıya çekenleri görüyorsun?

Kendimize şunu soralım mı?

"Şu anda, yaşamın içindeki mücadelenin amacı nedir? Bu amaca göre saatlerin geçti mi bugün?"

Efendimiz (a.s.m.) ve sahabileri ne iş yapıyordu? Ne için yaşıyordu? Ticaret... Peki, asıl işleri ve kafalarını, kalplerini meşgul eden bu muydu? Elbette hayır. Ticareti, geçimleri için bir vesileydi sadece. Asıl işleri ise din-i mübin-i İslam'ı, güneşin doğup battığı her yere ulaştırmaktı.

Bir işte çalışıyorsun veya çalışacaksın rızkını temin etmek için... Peki, senin gerçek ve sonsuz bir amacın var mı hayatında? İnsanlığın ebedi saadeti uğrunda koşturarak mücadele vermek...

Sıradan hayatlar, sıradan insanlar içindir. Evinden işine, işinden evine gelmekle yetinecek basit bir insan değilsin. Gayen kadar değerlisin... Gayen kadar değersizsin...

Milyarlarca insanın manevi kanser olduğu ve can çekiştiği şu uçsuz bucaksız dünyada, kanser ilacını kullanarak şifa bulmuş birisi olarak elbette bencil kalamazsın. Bu sana yakışmaz.

Gözünün önünde sonsuza doğru acı çeken insanlar varken, sen dünyaya dalıp o insanları unutacak kadar merhametsiz değilsin.

Var gücünle dağları tepeleri aşarak yüksek bir yere çıkarak avazın çıktığı kadar yüksek bir sesle bütün insanlığa Hz. Muhammed'in (a.s.m.) davasını haykırmak istiyorsun benim istediğim gibi.

Kısa ve net: Bu dünyaya gelmek ve yaşamaktaki sebebim namaz hakikatini anlamak, yaşamak ve anlatarak yaşatmaktır.

Rabbim, içimize İslam'ı anlatmak için inanılmaz derecede güçlü bir arzu koymuş. Amazon kabilelerinde yaşayandan tutun da Vatikan'ın kiliselerinde ilahi söyleyen gençlere kadar... Ulaşmak istiyorum...

Peki ama nasıl? Neyi, nasıl anlatacaksın? Anlatacak malzeme, ilim nerede? Sadece istemekle veya sokaklar acıkmakla bu emel gerçekleşir mi?

Öncelikle kendi bardağımız dolmalı ve taşmalı ki, başkaları da ondan istifade etsin. Kuru bir istemekle bu işlerin olmayacağı kesin.

Kur'an-ı Kerim'in manasını (meal veya tefsir) bir kere okumayan kardeşim, onlar dışında biri sürü kitabı okuyup öncelik sırasını şaşırmışsa orada bir durması gerekmez mi?

Önümüze gelen her kitabı okuyamayacak kadar az kalıyoruz bu dünyada. Google'ın tahminine göre 129 milyon farklı kitap var dünyada... Öyle ise seçici ol, öncelik konusunda... İlk sıraya Kur'an-ı Kerim al...

Kur'an-ı Kerim Arapça olduğundan, manası için Türkçe yazılmış eserlere ihtiyaç duyarız. Kur'an hakkında 350.000 tefsir (açıklama) yazıldı ve yazılmaya devam ediyor.

Bu çok kıymettar eserler içinde benim çoklukla istifade ve tavsiye ettiğim Bediüzzaman Said Nursi'nin müellifi olduğu Risale-i Nur

Külliyatı'dır.

Bütün sohbetlerimizde ve konuşmalarımızda ağırlıklı olarak Risale-i Nurlardan okumamızın bir sebebi var elbette.

Risale-i Nur bu asrın insanlarının aklına gelen sorulara ikna edici cevaplar verip tatmin eden, imanın şartlarını delil ve kanıtlarla ispat eden hayatımın değişmesinde en büyük paya sahip tefsirdir.

Risale-i Nur'dan yaptığımız videolardan birisi olan "Namaz kılmakta zorlanıyor musun?" videosu Youtube'da 1 milyon 300 binden fazla tıklanarak binlerce hayatın namaza başlamasına vesile oldu.

Serkan Aktaş kardeşimin Tabiat Risalesi bölümünü baz alarak yaptığı iki video olan "Ateist gençle sokak sohbeti" 3 milyon tıklamayı aşarak birçok insana vesile oldu. Risale-i Nur'dan yapılan sohbetler bile bu kadar etkili oluyorsa acaba kendin bizzat okusan ne kadar istifade edersin!

Hakikatleri anlamak için bir fragman niteliğinde olan bu videolarımızı izleyen arkadaşlarımızdan samimi bir talepte bulunuyoruz.

Videolarımızı anladıysanız artık videolarımızı izlemeyi bırakıp, Risale-i Nur okumaya başlamış olmanız lazım. Yoksa bizi tam anlamamışsınız demektir.

Bir anlık motivasyonla namaza başlayıp daha sonra bırakan birçok insana tanık olmuşsundur.

Özellikle Ramazan ayı ile başlayan 'namaza başlama dönemi' bayram sonrasında yerini "Vaktim olmuyor" bahanesine bırakmakta.

Bırakmaların mazeretleri farklı olsa da asıl sebep aynı: Tahkiki iman konusundaki eksiklik. Her ne kadar imanlı olsan da günahlardan gelen zafiyet, imanını tahkikiye çıkmaktan alıkoymuş oluyor.

Araştırıp okuyarak elde edeceğin tahkiki iman seviyesini elde ettiğin vakit, etrafındaki şartlar ne kadar kötüleşirse kötüleşsin, hiçbir bahane seni Rabbinle buluşmandan alıkoyamaz. Askere de gitsen, işlerinden başını bile kaşıyamasan, dünya tersine bile dönse, ortalık karışsa da hiç fark etmez. Namaz, sende fikr-i sabit olur.

Bu zamanda tahkiki imana geçmenin en kısa formülü, günlük düzenli belli bir sayfa Risale-i Nur tefsirinden okuyarak imanın erkânı olan kolonlarını sapasağlam hâle getirmektir.

İmanı güçlenen bir fert öyle bir hâle gelir ki, namazsız kaldığı vakit bir insanın susaması gibi secde edecek fırsat arar. Namaz dem ve damarlarda bir ihtiyaç hâline gelir.

Risale-i Nur okumalarımızda anlama konusunda başlangıçta birtakım problemler yaşamamız normaldir. Bununla ilgili internette "Risale-i Nur anlaşılmıyor mu?" videoma göz atarsanız, bunun nasıl kolayca çözüldüğünü hatta 10 yaşında bir çocuğun bile anlayabileceğini anlayacaksınız.

Bir anlık motivasyonla namaza başlayıp, tahkiki iman dersleriyle takviye etmemek, benzinsiz kalmış bir arabayı bayır aşağıya ittirmek gibi... Bayır aşağı hızlı ittiriyorsun ama karşına bir yokuş geldiğinde yetersiz kalıyorsun.

Yeni namaza başlayanların şeytanın kara listesinin başında yer aldığını da unutma! ☺ Onun için acımasızca saldıracak ve sen de tahkiki imanınla mukabele edip püskürteceksin. İyi okumalar! ☺

Hayatınla ilgili sıkıntılar yaşadığını, bazı kilitli kapıların karşısında olduğunu tahmin edebiliyorum. Bu problemler biri çok insanda farklı farklı ve bitmek bilmez.

Yakınlarınla olan geçimsizlikler ve tartışmalar, babanın seni bir türlü anlamak istememesi, istediklerini alacak kadar paraya sahip olmaman, günahlara olan mağlubiyetin, maneviyatta Allah'a yakınlaşamaman gibi bir sürü sorun... İnan bana kardeşim...

Zübeyir Gündüzalp'in bu cümlesiyle bütün bu kördüğümleri çözüp rahatlayacaksın:

"Okumak bir şey, ama her şey o bir şeyden çıkıyor."

İslam'ı anlatmak için, gecesini gündüzüne katıp uykularını kaçıran, gözyaşlarını İslam'ın davası için akıtan, hayatımda gördüğüm en fedakâr Risale-i Nur talebelerinden birisi... Yusuf kardeşim için yazdığım bir yazı:

Benim Adım Yusuf

Benim adım Yusuf. Ailesinden uzak diyarlarda, gurbette, Rabbini anlatmaya çalışan bir gencim.

Dünya üzerindeki tek yaşama sebebim ise, Allah Resulü'nün bir emridir. 'Nam-ı Celil-i Muhammedî güneşin doğup battığı her yere ulaşacaktır.'

Dünyayı kurtaran bir adam değilim. Kusurlarıyla boğuşan bir Peygamber sevdalısıyım. Sonsuza ulaşmak için yola çıkıp, yolda kalanları arıyorum yurdumun sokaklarında.

Ah ah... Ülkemin günah kokan sokakları... Kimi zaman yaralanmış kalplere merhem ulaştırıyor, kimi zaman da paslanmış kalplere misafir oluyorum.

Sokakta yürürken alevleri göklere yükselmiş, ama bundan bihaber olan gençleri görüyorum. Moralim bozuluyor, gözlerim doluyor. Ağlamak istiyorum. Ağlıyorum...

Alevlere doğru koşuyor tertemiz yüzler. Acıdan yerimde duramıyorum, hazırlıyorum çantamı ve dökülüyorum sokaklara. Sonra bakıyorum ki sadece iki elim ve iki ayağım var. Keşke... Keşke herkese ulaşacak kadar elim, ayağım ve dilim olsa. Onlar yandıkça ben de yanıyorum.

Bir gün her şey için geç olunduğu bir zamanda, "Bize neden bunları anlatmadın, neden bizi bu ateşten kurtarmadın?" dediklerinde ne diyeceğim.

İşte... İşte bu yüzden sokaklardayım,
insanların Leyla'sını aradığı bu asırda, Mevla'sını kaybedenleri boğulmadan evvel kurtarmak için.
Elimde cankurtaran simitleri ile...

Kocaman bir hapiste olan Yusuf'um ben. Dünya zindanında, rüyadayım. Bu rüyadan bizi ölüm uyandıracak. Ölüm bizi uyandırmadan biz insanları uyandırmalıyız kardeşim!

"Sana ne oluyor? Sen kimsin?" demeyin. Yaralıyım, kırılganım ben. Allah Resulü'nden aldım ben şu dersimi: "Müslümanların dertlerini kendisine dert edinmeyen onlardan değildir."

(Hadis-i Şerif - Nebhânî, Fethu'l-Kebîr, II:385)

"İnanmıyorum" diyenler oluyor. "Varsa bana ispat et" diyenler.

Ben de ilaçlarımı çıkarıyorum. O "Ben ateistim ve inanmıyorum" diyenler, birkaç damla ile, yani birkaç kelime ile nasıl değişiyor bir görseniz...

Şaşırıyor ve anlıyorum ki, maneviyata susamışlara bir damla ab-ı hayat oluyor. Ve gözlerimin önünde ağzından kelimeler dökülüyor usul usul şehadet kelimeleri...

"Şahidim!" diyor. "Şahidim Allah ve Resulü'ne." Gözleri dolmaz mı insanın, yıllarca bilmediği bir kardeşi olduğunu öğrenince.

"Müslümanım" diyerek Kur'an'ın yolundan sapan, şeytana aldanan kardeşlerime haykırmak istiyorum. Yüksek bir yere çıkıp avazım çıktığı kadar bağırmak: *"Zaman İslamiyet fedaisi olmak zamanıdır."* (Tarihçe-i Hayat)

Ah ah... Ellerimde kartlarım, liselerin çıkışlarında susamış gönülleri buluyorum ve Rabbime şükrediyorum. Kardeşlerimle binlerce kalbe, Hakkın yolunu buldurduğumuz için. Hamd-ü senalar olsun.

Elimizde bir yangın söndürücü olsa ve gözümüzün önünde binlerce insan yansa rahatça yerimizde durabilir miyiz?

Görmüyor muyuz, etrafımıza bakmıyor muyuz?

Hayatında bir kere bile alnı secdeye değmemiş, Allah'ı hakkıyla tanımayan milyonlar milyarlar yok mu?

Müslümanım deyip Kur'an'ı bir kere bile okumayanlar yok mu?

Etraflarını sarmış şeytan ve günah ordusu. Yanıyorlar ama görmüyoruz. Ateşe doğru hızla yaklaşıyorlar.

Ne zaman koşacaksın imdatlarına ey Yusuf! Kül olduklarında mı, geri dönüş imkânı kalmadığında mı?

Kül olmadan, geç olmadan onlara yardım etmeyelim mi ne olur söyleyin.

Merak etme. *"Allah nurunu tamamlayacaktır."* (Saf Suresi, 8)

Bu müjdeyi alınca biz de şevkle koşturuyoruz caddelerde... Yüz binlerce hayatın rotasını bulmasıyla coşuyor kalplerimiz. Bizi buna vesile edene hamd-ü senalar ile...

Şimdi lütfen bu sese kulak verin kardeşim. Nerede olursan ol. Sen ve biz... Sözler Köşkü'yüz.

Ebede giden bu uzun yolda yol arkadaşları arıyoruz.

Ahir zamanın karanlıklarına inat, uykularını feda edecek dert ortakları arıyoruz kendimize.

Sen de bizimle bu kudsi yolda var mısın kardeşim?

Şimdi her yer, Rabbini ve namazı anlatan gençlerle dolsun...

DEĞİŞEN HAYATLAR

Youtube videoları ile değişen on binlerce hayattan birkaç numune...
Bize gelen mesajlardan:

SOSYETİK ÇEVRENİN POPÜLER KIZI

Ceren

Selamün aleyküm Fatih abi.

Ben Ceren. Bir Kürt kızıyım aynı zamanda Alevi bir aileye mensubum. Çocukluğumdan beri dinimizden uzak bir şekilde büyümek zorunda kaldım ama bundan kesinlikle ailemi sorumlu tutmuyorum. Sonuçta onlar da bilgisiz. Rabbimle ilişkimi 'her zaman samimi' olarak ifade edebilirim.

Hep bildim Rabbimi, hep içten bir şekilde sevdim. Ancak onu tanımıyordum. Bu sebeple ibadetlerim eksikti hatta eksik fazla masum kalır, yoktu! Sosyetik bir çevrenin popüler kızıydım, sevilirdim ama insani ilişkiler işte, geçiciler...

Sözler Köşkü'nü bir arkadaşım ruhen bunalımda olduğum bir dönemde bir video aracılığıyla tanıttı bana. Senin bir sohbetindi hatta. Sonra her gün bir video izlemeye başladım. Namaza başladım, Bediüzzaman Hazretlerinin kitaplarını okumaya başladım. Arkadaş çevremi değiştirdim, birçok kişiyi hayatımdan çıkardım.

Şimdi çok daha huzurluyum, mutluyum ve umutluyum. Yakında tesettüre de gireceğim inşaallah. Ailem Alevi olduğu için sekteye uğruyor o süreç, ama dedim ya umutluyum. ☺

Her şey için teşekkür ederim, bana dinimizi, Rabbimizi ve ahiretimizi öğrettiğiniz için. Sözler Köşkü sayesinde Alevi bir sülalenin tek namazında niyazında bireyi oldum. İlk kez oruç da tutuyorum bu Ramazan. ☺

Hoşçakalın. Selam ve dua ile...

MİNİ ETEKTEN FERACEYE YOLCULUK

Fatoş

2 haftaya kadar açık geziyordum. Rahmetli babam hacı ama ben mini etek giyen bir bayandım. İnancım vardı ama ne yazık ki şu şeytanla savaşamıyordum. Ne zaman babamı toprağa koydum, işte o zaman dank etti. Babamla aynı yerde olamayacak korkusu beni delirtti. O Rabbimin emirlerini yerine getirdi.

Ya ben? Ben ne yaptım? Hiçbir şey. Peki babamla nasıl buluşabilirdim ki?

Sonra kapanacağım dedim ama yine şeytanın o vesveseleri yok mu? Yine yenik düştüm. Sonra sizi buldum. Dinledim ve dedim. "Şeytan defol şerefsiz, git hayatımdan. Ben Rabbime yöneleceğim. Her gün ve gece Rabbimle olan randevuma katılacağım" ve öyle de oldu.

Bol tunikler ve feraceler giyiyorum. Önceden erkeklerin gözü üstümde olduğunu hissediyordum. Hamileyken bile tacize uğramıştım. Karnım burnumda nasıl bir mide var bu insanlarda demiştim. Ama şimdi kimsenin gözü üstünde olduğunu hissetmiyorum. O kadar rahatım ki... Rabbime yöneldim. Huzur, mutluluk ben de... Her namazda ağlıyorum bu güzelliği bana yaşattığı için...

Önce babam sonra siz vesile oldunuz buna. Allah babamdan ve sizden razı olsun. Keşke babam da beni bu şekilde görebilseydi keşke. Nasıl ağlardı, daha çok bağrına basardı beni. Babam kendini hep Nuh Peygamberimize benzetirdi, onun yolundan gitmediğimiz için. Babama bunu yaşattığım için Rabbim beni affetmeyecek. ☹ İnşaallah babam da görüyordur beni.

15 CM TOPUKLUYA METROBÜSE BİNMİŞİM

Cansu

Merhabalar, ismime çok gerek yok ama ben yine de belirteyim. Adım Cansu. İstanbul'da Siyaset Bilimi ve Uluslararası İlişkiler 1. sınıftayım.

Lisedeyken bazı sol örgütlere katıldım. Eylemlerin içinde yer aldım. Lise örgütlenmesinde önemli bir rol aldım onlar için. Gazete dağıtımına çıktım. Marksist düşünce ile ilgili birçok kitap okudum. Kendimi solcu olarak nitelendirmiyordum ama ezilen halkların ve sınıfların yanında mücadeleci bir insan olarak tanınıyordum. Böyle tanıtınca kendimi arkadaş çevrem de böyle oluşuyordu. Ateist, deist arkadaşlarım olmaya başladı. Ben ise Müslümandım. Onların sorularıyla kafam karışıyor. Sorguladıkça şüpheye düşüyordum. Allah'ımdan hiç vazgeçmemiştim ama içimdeki şüpheyi doyuramıyordum.

Arkadaşlarımda üstüme gelmiyor değildi. Sonra neden Allah'a inandığımı sorguladım. Ve Facebook profilime şunu yazdım: "Tanrı'ya inanıyorum çünkü o benim umudum, o benim arkadaşım, o benim sırdaşım, o benim çarem, o benim ilacım, şah damarımdan yakın olan o." Allah kelimesinin yerine Tanrı koymam kafamın ne kadar karışık olduğunun bir göstergesi... Ailem bu durumun farkında ama göstermiyor ergenliğime veriyorlar ama onlar da bu sol örgüt işini tam olarak bilmiyorlar.

Neyse... Ben Allah'tan vazgeçmeyince ve bulunduğum örgütü sorgulamaya başlayınca durumlar değişti. Bir haksızlık yapıp örgütten kovdular. Şimdi iyi ki yapmışlar o haksızlığı diyorum. Yine de kafamda sabitlenmiş düşüncelerden vazgeçemedim. Kapitalist Müslümanları dinlemeye başladım. Bu sefer mantıklı düşünerek üye olmadım onlara ya da içlerinde yer almadım.

Ve sonunda İstanbul'da özel bir üniversiteyi tam burslu kazandım. İstanbul'a gelince yurt arkadaşımın sayesinde namaza başladım. Ama şunu fark ettim ki yanımda Rabbimden başka kimse yok. Ailem Kayseri'de, ben İstanbul'da... Ne durumda olduğumu bilmiyorlar. Tek çarem Allah... Utanmadan derdimi anlatabileceğim, kalbimi bilen, bana önyargılı bakmayan, beni benden daha iyi tanıyan bir Rabbim var. Başka kimsem yok... Namazlarımı kılmaya başladım ama çoğu kez unuttum. Şeytanın bacağını kıramadım bir türlü...

Ve açık giyinen bir kızdım. Mini etekle dışarı çıkmaya bayılıyordum. Düzenlediğim konferansta yine mini bir elbise giydim. Dolaştığım yerlerde başlar çevriliyor bana bakılıyordu. Erkek olan bir arkadaşım taş olmuşsun derken içimdeki egom Redbull içmiş gibi kanatlandı. Ve iki gün sonra doğum günümdü. Yine çiçekli bir mini elbise giydim.

Akşam arkadaşlarımla konuşuyoruz. Eş konusunu... Bu arada ben 19 yaşındayım. Arkadaşlarım benden 4-5 yaş büyük olduğu için evlilik konusu sıklıkla açılıyor. Ben arkadaşıma, "Allah korkusu olan birisi olsun. Haram ilişkilerle aşk değil, günah hayatı yaşıyoruz. Rabbimin rızasını almayı düşünmüyoruz. Ben eşimden Peygamber Efendimiz (s.a.v.) ile Hz. Aişe'nin muhabbetini isterim" dedim. Başka bir arkadaşım, "Peki Cansu bunun için ne yapıyorsun? Allah'ın rızasını kazanmak için ne yapıyorsun" dedi. Kaldım öylece...

Yurda gittiğimde ağlıyordum. Kendime samimiyetsiz geliyordum. Allah'ımı severken bunu hiçbir davranışımda gösterememek karaktersizlikti. Arkadaşlarıma kapanmak istediğimi söyledim. Onlar benim açılacağımı düşünüyorlar. Ama inşaallah öyle bir şey olmaz. Aklıma Ceyhun abiden duyduğum bir söz geldi. Arkadaşlarıma onu söyledim: "Ben mini etekle 15 cm topukluyla metrobüse binmiş, ayakta kalmış, babetlerim ayaklarımı vursa da gülmeyi becermiş bir kızım. Allah için mi kapanamayacağım?"

Arkadaşlarım şaşkın... Ertesi gün okula başörtümle gittim. Ve 3. günüm. Başörtüsüne pek alışmadım. Dolabımda bir şey yokmuş onu anladım. Ama çok mutluyum. Ve sabah akşam sizin videonuzu dinliyorum. Bir de Mehmet Yıldız'ın... Size teşekkür ederim. Benim bu zorlu sürecimi kolaylaştırdınız. Rabbim sizden razı olsun. 17 Mayıs'ta Kayseri'de olacakmışsınız. Ben olamayacağım, ama videolarınızı bekliyorum. Niye bunları anlattığımı sorarsanız? Bilmem. Bir şeyleri başardığınızı bilmeniz belki sizi daha iyi hissettirir. Çünkü bu anlattıklarım biraz da sizin başarınız. Teşekkür ederim tekrardan.

ANTİDEPRESAN KULLANAN BİR ATEİSTTİM

Selamun aleyküm kardeşlerim! Ben lise çağlarına kadar taklidi imana sahip olduğum, camiye gitmediğim, namaz kılmadığım ve yeterince araştırmadan sorguladığım için maalesef ateist oldum. Bu içimde çok büyük bir yaradır. Rabbim inşallah beni affeder.

Altı-yedi yıl ateist kaldıktan sonra bir Yaradan'a ihtiyaç duydum ve Müslüman oldum. Ama yine namaz kılmadım. Çünkü bilmiyordum, utanıyordum belki de, ne yazık ki "İnsanlar ne der" diye düşünüyordum. Sonra sizin videolarınızla karşılaştım. Allah sizden razı olsun. Çok şükür namaza başladım ve İslamiyet'i gerçekten yaşamaya başladım.

Namaz kılmaya başlamadan önce antidepresan ilaç kullanıyordum. Ama namaz kılmaya başladıktan sonra dünyevi sıkıntılarım sona erdi. Daha çok şükretmeye başladım, davranışlarımda olumlu değişiklikler oldu. Ruhum temizlenmeye başladı ve nefsimle savaşmaya başladım. Allah sizden razı olsun. Her aklıma geldiğinizde size dua ediyorum. Allah rızası için siz de bana dua edin ki yüce Rabbim geçmişimi bağışlasın. Sohbetleriniz çok güzel. Tahkiki imana geçiş yoluma vesile oluyorsunuz. Tekrar tekrar Allah sizden razı olsun.

TERK EDİLDİM

Songül

Allah sizden razı olsun abi... Kaç gündür içimde epey sıkıntı birikmişti, erkek arkadaş olayı falan... Terk edildim ama olay şu, ona sizi önerdim. Sizi izleyip beni terk etti. ☺

Ben de olaya anlam verememiştim, ağlayıp duruyordum. Sonra siz geldiniz aklıma, sohbetlerinizi dinlemeye başladım. ☺ Gerçekten çok sağ olun. Şu an o kadar iyiyim ki çok şükür...

DAHA GÜZELSİN GENÇSİN, ŞİMDİ KAPANMA

Ayşegül

Size teşekkür maksatlı böyle bir mesaj yazmak istedim. Ben de Sözler Köşkü sayesinde hayatı değişenlerdenim diyebiliriz. Size birçok şey söylemek istiyorum ama kısaca anlatacağım. Belki bu mesajı görmeyeceksiniz, belki de size gönderilen mesajlar arasında kaybolacak ama yine de şansımı denemek istiyorum.

Her insanın hayatta hataları olur. Ben liseye başladığımda o lise heyecanına kendimi kaptırmıştım. Bu hem derslerime hem de hayatıma kötü bir şekilde yansımıştı. Hiç sevgilim olmadı, hiçbir erkekle dersler hakkında konuşmaktan başka bir samimiyetim yoktu. Ama kötü bir huyum vardı ki, yakışıklı erkekler hep dikkatimi çekiyordu. Aynı anda birkaç erkeğe gönül bağlayabiliyordum. Uzaktan sevgi olsa da hayatımı nasıl mahvettiğinin farkında bile değildim.

O sıralar roman yazmaya başlamıştım, konusu beşeri aşktı. Tabii, o zamanlar ilahi aşktan haberim yok. Ta ki lise son seneye gelince, iki kapalı arkadaşımdan 'haram sevda, göz zinası' kelimelerini duyana kadar... Hangi dünyada yaşıyordum, bunları neden bilmiyordum. Hep bu sualler aklımda gezip durdu ve bir arayış içine girdim. Okulda kızlar için düzenlenen bir sohbet programı varmış, haberim yoktu. Sohbete gitmeye başladım ve ben gittikten sonra aksilikler hep üst üste geldi. Sohbet yeri değişti, kimse gelmemeye başladı. Ama ben inat ettim. Sözler Köşkü'yle de bu sohbette tanıştım. İlk kapandığım gündü, gerçi kapanmam da ayrı bir olay oldu. Tahkiki bir imanım olmasaydı eğer, çevremin "Daha güzelsin, gençsin, şimdi kapanma" söylemlerine inanırdım. Ama ben biliyordum ki Allah'ın her emri benim iyiliğim içindi.

İnanılmaz bir yağmur vardı ve ben evimden yirmi dakikalık uzaklıkta olan bir binanın bodrum katında, hiç boş bir ortamı olmayan bir yere sohbete gittim. Başka bir yer olsaydı ben ne o yağmurda dışarı çıkardım ne de o binanın bodrum katına inerdim. Türbanımı taktım ve gittim. Ama iyi ki de gitmişim. Her ne kadar sırılsıklam olup hastalansam da o gün Sözler Köşkü ile tanıştım. İki arkadaşım, ben ve hocamız sizin videolarınızı izlemiştik hocamızın bilgisayarından. Sizlere yani Serkan Aktaş, Fatih Yağcı ve Mehmet Yıldız üçlüsüne ne kadar teşekkür etsem azdır. Sizi hâlâ takip ediyor, sohbetlerinizi dinliyorum.

Şimdi o bir zamanlar yazdığım romanı tekrar yazıyorum. Ama bu defa farklı bir şekilde. Haram sevdanın insanların hayatlarını nasıl etkilediğini ve asıl konusu olan 'ilahi aşk'ı işliyorum. Allah izin verirse bitirdikten sonra bastırıp, sizlere hediye etmek istiyorum. Üniversitede edebiyat bölümü okuyorum ve ilk senem olduğundan dolayı zorlanıyorum. Bu yüzden kitabım Allah bilir ya birkaç ay içinde biter ya da birkaç yıl...

İLAÇLARIMI BIRAKTIM

Nurdan

Size sayfanızdan da yazmıştım ama ulaşamadım. Bu mesajı annemin isteğiyle yazıyorum. Bir süre önce babam vefat etmişti. Babamın vefatından önce namazını kılan inançlı biriydim. Daha sonra babamın ölümüyle bir boşluğa düştüm ve namaz filan kılmıyordum artık. Dünya ile bağlantım kesilmişti sanki. Doktorlara götürdüler, hatta yurt dışına bile gittik tedavi için ama faydalı olmadı. Günler geçtikçe erimeye başlamıştım. Yanıma erkek yaklaşsa panikliyordum. Rahatsız oluyordum. Tesadüfen sizin videolarınızı izledim ve anasitenize ulaştım. Artık her gün izlerken buluyordum kendimi. Sonra kapandım, videolarınız sayesinde namaza başladım. Kur'an okumaya başladım. Günler ilerledikçe anladım ki, psikolojik sorunlarımın kaynağı namazsızlık, ruhumun acı çekmesiymiş.

Şimdi ilaçlarımı bıraktım.

KAPANMAYA KARAR VERDİM

Gülseda

Selamün aleyküm abicim. 5 dakika önce tesettürle ilgili sohbetinizi dinledim. Şu an gerçekten elim ayağım titriyor. Ben 18 yaşındayım. Bu sene kapanmaya niyetlendim ama malum şeytan, sürekli erteliyordum. Bu sene üniversite sınavına gireceğim diyordum. Sınavdan sonra örtünürüm şimdi sınavda bunalırım, örtü boğar gibi mazeretler. Kararsızdım yani.

Bugün cuma, dua etmiştim bugün Allah'a, "Allah'ım sınava açık mı gideyim, kapalı mı? Bir karar veremiyorum ne olur bana bir yol göster" diye... Az önce dinledim sohbetinizi an itibarıyla Allah rızası için kapanmaya karar verdim. ☺ Öncelikle sizi bana yol gösteren vesile eden Rabbime şükür. Sana da abicim çoook teşekkür ederim. Allah razı olsun. Hep dualarımızdasınız abilerim bugün ve bundan sonra... ☺

HIÇKIRA HIÇKIRA AĞLADI

Selamun aleyküm abilerim,

Uzun zamandır size yazıp yazmamayı düşünüyordum. Ama artık anladım ki Rabbimin izniyle sonra sizin vesilenizle olan bir olayı sizin bilmeniz hakkınız. Ben Almanya'da doğup büyüyen ve şimdi üniversite okuyan bir kardeşinizim. Elhamdülillah ben ve kardeşlerim daha doğrusu bütün genç akrabalar çok güzel ortamlarda yetiştik, büyüdük. İmani değerlerimizi bilerek ve uygulayarak büyüdük. Ben her Türk ve Müslüman ailenin böyle olduğunu düşünürdüm. Ta ki üniversite okumaya başka bir şehre gelene kadar.

Okuduğum şehrin ilçesinde kalıyorum ve burada Türk nüfusu oldukça yüksek. Biz de üniversite öğrencileri olarak bir şeyler yapmak istedik ve tanıdığımız bir kız çocuğu vesilesiyle 15 kızımıza ulaştık. Hazırlıklar başlamıştı. Sohbetler, ikramlar, çaylar...

Derken kızlarımız geldi. 15 kız... Tertemiz ve saf... Yaşları 15 ile 18 arası... Çoğu arkadaş zoruyla gelmiş. İlk buluşmamızda birbirimizi tanıyalım dedik ve anlatmaya başladı bir kızımız. 9 yaşından beri sigara içiyor ve 12 yaşından beri alkol bağımlısı...

Başörtülü bir insanın üniversite okuyabileceğini bilmeyen başka bir kız... 13 yaşından beri erkek arkadaşı olan diğeri... Erkek arkadaşının olmasının çok doğal ve normal olduğunu söyleyen başka biri... Ve bu böyle devam etti. Ev arkadaşım dayanamayıp odasına gitti ve hıçkıra hıçkıra ağladı. Böyle bir şey mümkün müydü? Herkes bizim gibi yetişmemiş miydi? Kur'an'sız ve namazsız bir yaşam var mıydı? İlk görüşmeden sonra anladık ki her Türk ve Müslüman bizim gibi yaşamıyor.

Biz böylelikle haftada bir buluşmaya başladık ve ben de elimden geldiğince kızlarımıza namazdan bahsediyorum. Kızlar yavaş yavaş öğrendiler. Derken Ramazan ayı girdi ve kızlarımızla beraber oruç tutmaya karar verdik. Hayatlarında ilk defa oruç tutanlardan mı bahsedeyim size yoksa ailesinden kimse oruç tutmadığı için tek başına sahura kalkıp oruç tutandan mı? Bir gün şehirde bulunan tek camiye namaz kılmak için götürmek istediğimizde ailelerin hayır deyişleri hâlâ kulaklarımda...

Kızlarımıza sürekli Risale-i Nurlardan bir şeyler anlatmaya çalışıyoruz ama nedense namaz konusunda pek bir tesirimiz olmadı. Bir cuma günü sohbet hazırlarken Fatih Yağcı abimizin belalar ve musibetlerle alakalı 23 dakikalık videosunu izledim ve ben çok etkilendim. O haftaki konu bu vesileyle hazırdı. Arkadaşlarla sohbetin sadece resimlerin olduğu kısmını göstermeye karar verdik. Işıklar söndü ve izlemeye başladık. Ağlamayan kızımız yoktu. Bana kimse zorla namaz kıldıramaz diyen kardeşimiz bağıra bağıra namaz kılmaları için diğer arkadaşlarını zorluyordu. Daha abdestin nasıl alındığını bilmeyen bu kardeşlerimiz o gün gösterdiğimiz şekilde abdestlerini aldılar ve hıçkıra hıçkıra namaz kıldılar. 15 kızımız... O günün gecesi içki içen kızımız içkiyi bıraktığını yazdı. Bir kızımız da annesine anlatmış izlediklerini ve annesi de kızıyla beraber namaz kılmaya başlamış. Diğer kızımız erkek arkadaşından ayrılmış.

Ve elhamdülillah yavaş yavaş namaz surelerini öğrenip Kur'an-ı Kerim okumayı da öğrenmek istiyor kızlarımız. Rabbim sizlerden ebeden razı olsun. İnşaallah videolarınızla nice 15 kızın ahireti kurtulur.

Sen, ey nefsim!
Neden fedakârlıkta
en geri kalmak
istersin?

(Bediüzzaman)

#FavoriCümlem